행복 비타민 A

힘들고 지친 이들을 위한 영혼의 비타민

행복
비타민A

이선구 지음

벗나래

CONTENTS

3장 기다림의 기술

4장 시련이 향기 있는 삶을 꽃피운다

5장 빈 배

힘들고 지친 이들에게
영혼의 비타민이 되기를

사랑의 삼계탕을 끓여 독거노인들을 대접하고 돌아오던 날, 비 오듯 흐르는 땀으로 속옷까지 흠뻑 젖었다. 옷을 갈아 입을 생각도 못하고 그대로 의자에 주저앉았다. 긴장감이 풀 려서인지 온몸에서는 가벼운 신열이 났다.

행사가 잘 끝났는데도 독거노인들의 촉촉이 젖은 눈빛이 뇌리에서 떠나지 않았다. 신을 벗겨주고, 손을 잡아주고, 보 듬어준 자원봉사자들의 손길이 쓸쓸한 마음속에 켜켜이 비 집고 들어갔을 텐데 날마다 해드리지 못할 것을 해드린 것은 아닌지 미안한 마음이 못내 어깨를 눌렀다.

어둡고 습한 세상이 어떤 것이라는 것을 누구보다도 잘 알기에 문득문득 다가오는 온기가 삶을 꿈틀거리게 하는 작은 힘이 되기를 바라는 마음을 아실까?

한때 내 삶도 질곡의 여정이었다. 유복하게 태어났지만 하루아침에 가진 것 모두 잃고 거리를 헤매야 했다. 내 운명을 송두리째 던져버리고 싶을 정도로 처참한 생활을 견뎌야 했다.

삶이 꿈틀거리기 시작한 것은 죽을힘을 다해 자신과의 치열한 사투를 하고 난 후였다. 결국 삶의 구원자가 다름 아닌 자신이라는 것을 깨달았을 때, 회생한 삶은 화려한 빛으로 다시 세상을 안겨주었다.

그러나 인생을 승리하였다는 자부심에 빠져있을 때, IMF로 인해 또다시 삶의 밑바닥으로 내동댕이쳐졌다. 뼈를 깎는 노력으로 쌓아올린 모든 것들이 한순간에 와르르 무너지고 다시 빚더미에 올라앉았다.

가진 것 다 나눠주고 빈손으로 다시 자신과 마주섰을 때야 깨달았다. 손에 움켜쥐고자 하는 것은 언제라도 다시 다 잃고 만다는 것을. 그래서 쌓아도 무너지지 않는 성을 쌓아야

겠다는 생각을 했다. 그것이 바로 '나눔의 성'(城)이었다.

이 세상에서 가장 커다랗고 튼튼한 '나눔의 성'으로 제일 먼저 심장병으로 고통 받는 사람들을 구하는 '심장병재단'을 지었다. 심장병재단을 통해 고통 받는 사람들을 살려냈다. 다시 삶을 찾은 사람들의 희열은 말로 다 표현할 수 없었다. 그들의 오늘은 내가 살아야 하는 오늘과는 확연히 달랐다.

건강을 되찾은 사람들을 보니 먹을 것이 없어 굶주리는 사람들이 보였다. 이렇게 '사랑의쌀나눔운동'은 숙명처럼 다가왔다. 대문을 활짝 열어 놓고 먹을거리를 서로 나눠먹던 우리의 옛 모습을 되찾자는 마음으로 '사랑의쌀나눔운동'을 시작했다.

어느 개인 한 사람으로는 결코 이루어질 수 없는 나눔운동! 서로 먼저 손길을 내미는 마음 따뜻한 사람들이 있어 '사랑의쌀나눔운동'을 하면서 참 행복하다.

이 행복한 마음으로 용기를 내어 《행복 비타민A》를 엮었다. 비타민은 우리 몸의 정상적인 성장 및 대사 작용에 반드시 필요한 유기영양물질로, 특히 비타민A는 피부 깊숙이 침투하여 새로운 세포가 잘 생기도록 도와준다.

이 책이 가장 힘들고 지쳐있는 모든 사람들에게 새로운 세포를 만들어 내는 비타민A가 되기를 바라는 마음 간절하다. 그동안 책의 발간을 위해 애쓰신 많은 분들에게 진심으로 감사드리며 아울러 이 책의 수익금 전액은 '사랑의쌀나눔운동'에 쓰일 것이다. '사랑의쌀나눔운동'에 아낌없는 후원과 봉사를 해주시는 모든 분들께 진심으로 감사드린다.

저자 이선구

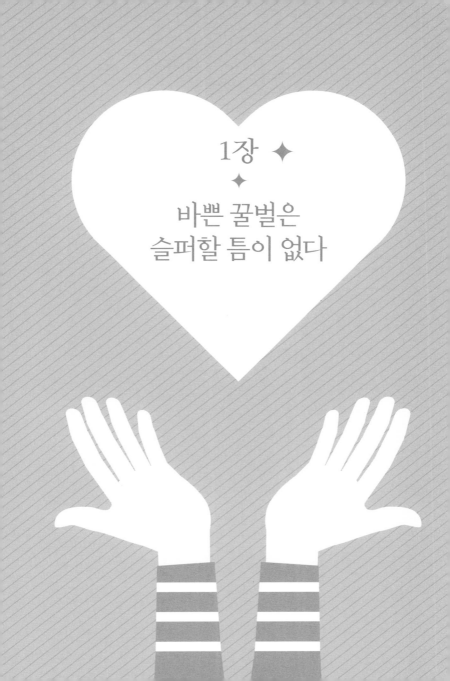

1장 ✦

✦

바쁜 꿀벌은
슬퍼할 틈이 없다

생각을 바꾸면 세상도 바꾼다

첫 번째 이야기

어느 날 스티븐 코비가 뉴욕에서 지하철을 타고 가다가 아주 시끄럽게 떠드는 아이들을 보게 되었다. 아이들의 아버지로 보이는 남자는 남의 일인 양 고개를 푹 숙인 채 눈을 감고 있었다. 코비가 남자에게 말했다.

"저, 아이들에게 주의를 주시는 게 좋지 않겠소?"

그제야 남자는 숙였던 고개를 들고 코비를 쳐다보았다. 그는 힘없이 고개를 끄떡이며 "당신 말이 맞네요. 정말 미안합니다" 하더니 눈물을 글썽이며 코비를 향해 이렇게 말했다.

"그런데 저는 지금 무엇을 어떻게 해야 할지 모르겠습니다. 바로 1시간 전에 저 아이들의 엄마가 죽었거든요. 눈앞이 캄캄할 뿐입니다."

그 말을 듣고 난 후 코비는 그 남자와 아이들이 전혀 다르게 보이기 시작했다. 공중도덕이나 교양과는 거리가 멀어 보이던 그 남자가 이제는 아내에 대한 사랑이 지극한 남편으로 보였고, 그렇게 버릇없고 막돼먹은 것 같았던 아이들은 엄마를 잃은 가없은 천사로 보였다.

두 번째 이야기

어느 부인이 30년을 같이 산 남편에게 숨겨놓은 애인이 있다는 사실을 알게 되었다. 게다가 그 내연녀와의 사이에 딸까지 있음이 밝혀지자 부인은 남편에 대한 배신감으로 치를 떨었다. 부인은 남편 몰래 그 애인의 집을 찾아갔다. 그녀는 초라한 셋방에서 딸과 함께 살고 있었다. 이 여인은 찾아온 부인을 껴안더니 울면서 말했다.

"진작에 부인을 찾아뵙고 용서를 구하고 싶었는데, 차마 용기가 나지 않았습니다."

화가 나서 찾아갔으나 놀랍게도 남편의 애인은 두 다리가 없는 장애인이었다. 알고 보니 남편과 그녀는 어릴 때 한 동네에 살았던 사이였다. 안타깝게도 후일 그녀는 결혼하여 딸을 낳고 얼마 되지 않아 사고로 두 다리를 잃게 되었고, 남편은 그런 부인과 어린 딸을 버리고 다른 여자에게 가버렸다고 한다. 몹시 힘들고 어려울 때, 우연히 이 소식을 듣게 된 남편이 동정심으로 어린 딸과 그녀를 위로해주고 도와주다가 정이 깊어진 것이었다.

부인은 그녀를 꼭 껴안아주었다. 그 후 남편이 그녀를 마음 편히 찾아가도록 배려해주었으며, 모녀가 입을 옷과 음식, 그리고 필요한 물건들까지 챙겨주었다. 게다가 그녀의 딸을 자신들의 호적에 올리자고 제안했다.

배신감과 분노로 치를 떨게 했던 두 사람이었건만 생각이 바뀌자 이제 남편은 동정심 많은 따뜻한 남자로 보였다. 남편의 애인은 가엾은 장애인으로 보이면서 위로받고 도움을 받아야 할 존재가 되었다.

세 번째 이야기

두 스님이 길을 가다가 시냇물을 만났다. 그곳에는 그들보다 먼저 도착한 한 처자가 있었는데, 물을 건널 방법이 없어서 쩔쩔매고 있었다. 여자와는 옷깃도 스쳐서는 안 되는 것이 불가의 계율인지라 젊은 스님은 이 여인을 외면하고 얼른 시냇물을 건넜다. 그러나 나이 든 스님은 그녀를 덥석 안더니 성큼성큼 걸어 시내를 건너갔다.

그 후 두 스님은 여인과 헤어져 갈 길을 재촉했다. 10리쯤 갔을 때였다. 젊은 스님은 나이 든 스님의 행동이 못내 마음에 걸려 계율과 여인에 대한 생각으로 머리가 복잡하고 터질 것 같아 견딜 수가 없었다. 젊은 스님이 결국 입을 열었다.

"사형, 아까 그 일 말입니다."

"무슨 일 말입니까?"

"사형께서는 아까 여인의 몸을 품에 안아 물을 건너게 해 주지 않았습니까? 그건 계율에 어긋나는 일 아닙니까?"

그러자 나이 든 스님이 말했다.

"아, 아까 그 일 말이군! 나는 그 처자를 물 건너 시냇가에 내려놓고 왔는데 자네는 아직도 품에 안고 있는가?"

잘못된 선입견은 정보를 왜곡하게 만들고, 또 왜곡된 정보는 그릇된 판단을 내리게 한다. 그릇된 판단으로부터 잘못

호령하는 사람이 되리라 다짐했다. 그러나 당장의 형편은 끼니를 잇기도 어려운 처지인지라 그는 회음성 아래 강가에 나가 고기를 잡아 하루하루를 연명하고 있었다.

고기가 잘 잡히는 날은 그런대로 끼니를 챙길 수 있었지만 운이 나쁜 날은 굶을 수밖에 없을 정도로 곤궁한 상황이었다. 그가 굶을 때마다 강가에서 빨래를 하는 아주머니 한 분이 점심밥을 나눠 주시곤 했다. 한신은 아주머니에게 이런 말로 사례를 했다.

"훗날 제가 큰 뜻을 이루면 반드시 이 은덕을 갚겠습니다."

아주머니는 그런 그를 호되게 꾸짖었다.

"사내대장부가 자기 한 몸 먹여 살리지 못하는 게 안타까울 뿐이지, 어찌 보답을 바라고 돕겠느냐?"

그럴 때마다 한신은 속으로 가만히 중얼거렸다.

"때를 만나지 못하면 영웅도 비참하게 살 수밖에 없다. 내게 백만 대군의 지휘를 맡기면 천하에 당해낼 자가 없지만 물고기를 잡으라고 하면 난 평범한 낚시꾼보다 못하구나."

그러던 어느 날 길을 가는데 건달들이 막아서고는 그를 희롱했다. 한신이 칼을 차고 있는 것을 비아냥거린 것이었다.

"밥 세끼도 제대로 찾아 먹지 못하는 녀석이 무슨 보검을 차고 다닌단 말이냐? 너는 칼만 차고 다녔지 용기라곤 없는 놈 아니냐? 만약 용기가 있다면 그 칼로 나를 찌르고 지나가고, 그럴 자신이 없다면 내 가랑이 사이로 지나가야 한다."

한신은 한참 동안 묵묵히 그들을 바라보더니 가랑이 사이로 기어서 지나갔다. 건달들은 껄껄 웃으며 비웃었지만 그는 속으로 생각했다.

"용이 개천에 있으면 처신하기가 지렁이보다 궁한 법이다. 내게 백만 대군의 지휘를 맡기면 천하에 당해낼 자가 없지만 일대일로 완력을 겨루라고 하면 나는 평범한 장사 하나만도 못하구나."

얼마 뒤 진시황이 죽고 나라가 어지러워졌다. 여기저기서 영웅들이 일어나자 한신은 항량의 휘하에 들어갔다. 그때 그의 직위는 무명소졸에 불과했다. 항량이 죽자 그 병사들을 항우가 맡게 되었는데, 그는 항우의 유능한 모사인 범증의 눈에 띄어 낭중으로 승진했다.

그러나 항우가 한신의 여러 계책을 번번이 거절하자 마침내 그는 항우를 버리고 한나라 왕 유방에게 투신했다. 유방

또한 처음에는 그를 특별하게 여기지 않았다. 유방은 한신에게 연오라는 직위를 주었지만 그는 그 정도에 만족할 수 없었다. 유방의 유력한 신하인 하후영이 그의 재능을 알아보고 유방에게 중요한 자리에 쓸 것을 권했지만 유방은 거절했다.

"그는 남의 가랑이 밑으로 지나간 자가 아니오? 어찌 중히 쓸 수 있겠소?"

하후영 말고도 한신을 큰 재목으로 보던 사람이 있었는데 바로 승상인 소하였다. 소하 또한 여러 차례 유방에게 한신을 중히 쓸 것을 청했지만 유방은 이에 응하지 않았다.

어느 날 새벽 한신은 한나라를 떠나기 위해 도성을 탈출했다. 이를 알게 된 소하는 황급히 말을 몰아 한신을 추격했다. 한신을 따라잡은 소하는 간곡하게 청했다.

"자네를 중히 쓰도록 임금을 설득할 테니 마음을 바꿔 함께 돌아가세."

소하의 말에 힘입어 돌아온 한신은 많은 우여곡절 끝에 마침내 한나라의 대장군이 되었다. 그 뒤 한신은 유방의 적수인 항우와 여러 차례 대결했고, 그 전투에서 모두 이겨 마침내 초패왕 항우를 멸망시킬 수 있었다.

유방은 황제가 된 후 한신을 제왕에 봉했다. 한때 밥을 빌어먹고 건달의 가랑이 사이로 기어갔던 그가 최고의 출세를 한 것이다. 한신은 왕이 되어 고향으로 돌아와 어려울 때 자기를 도와준 빨래터 아주머니를 초대해 큰 상을 내리면서 말했다.

　"내가 장차 큰 뜻을 이루면 은덕을 후히 갚겠다던 말을 이제 실천하는 것이오."

　그는 또 자신을 가랑이 사이로 지나가게 했던 건달들도 불러들였다. 건달들은 왕 앞에 머리를 조아리며 진땀을 흘리고 서 있었지만 한신은 그들을 벌하지 않았다.

　"저들은 평범한 무리다. 어찌 내가 장차 이렇게 성공할 것을 알아보았겠는가?"

　한신은 그들에게도 큰 상을 내렸다.

　큰 꿈이 있다면 당장의 비굴함은 참아야 한다. 이것이 진정한 용기다. 부끄러운 일을 당해 두 눈을 부릅뜨고 목을 칼 앞에 내놓는 것은 필부의 용기지만 그것은 심려원모(深慮遠謨), 즉 깊이 생각하고 멀리 내다보는 혜안이 부족한 행동이다. 그리하여 한신은 심려원모를 가진 자의 부하가 된 것이다.

한편 한나라의 공신 번쾌는 홍문연회에서 큰 용기를 내어 유방을 항우의 마수로부터 구했다. 번쾌는 필부의 용기로 장군이 되었는데, 한신은 번쾌보다 훨씬 낮은 직위에 있었다. 그러나 유방이 한신의 심려원모와 깊고 예리한 계책을 채택하고 그를 대장군에 임명하자 번쾌는 졸지에 한신의 수하가 되었다.

번쾌를 비롯한 유방의 역전의 용장들은 처음에는 남의 가랑이 밑으로 지나간 한신에게 승복하려 하지 않았다. 그러나 그들은 머지않아 한신의 지휘력을 인정하고 기꺼이 그에게 복종했다. 기나긴 시간을 인내하고 꾸준히 연마하면서 깊이 생각하고 멀리 계책을 세운 한신이 결국에는 필부의 용기를 이긴 것이다.

할 수 있습니다!

1960년 초 세계에서 가장 높은 에베레스트산 정복에 실패한 무리의 청년들이 다시 이 산을 정복하기로 결심했다. 그들은 떠나기 전에 심리학자들 몇 사람과 인터뷰를 가졌다. 그때 한 심리학자가 청년들에게 물었다.

"이번에는 그 산을 정복할 수 있다고 믿습니까?"

한 청년이 대답하기를 "그러길 바란다"고 했고, 다른 청년은 "한번 해보죠"라고 말했다. 그다음으로 짐 워드라는 청년이 옆에서 이렇게 대답했다.

"할 수 있습니다!"

1963년 5월 1일, 네 명의 친구들을 눈 속에 묻고 짐 워드는 홀로 8,880m의 에베레스트산 정상에 성조기를 꽂았다.

억대 연봉자가 되는 방법

1994년 신촌의 기찻길 옆에서 10평의 카페로 시작해 한때 전국 21개 지점, 600여 명의 직원이 하루 1만 명이 넘는 손님을 맞이했던 곳, 대학생들이 가장 일하고 싶어 했던 곳, 국내 카페 브랜드 인지도 1위였던 곳이 있다. 바로 '민들레영토'다.

나는 복종의 길로, 자기를 부정하는 것에서 만족을 찾는 것이다. 또 하나는 위험한 모험의 길로, 자기가 처한 현실에서 만족을 찾는 것이다.

첫 번째 방법의 모범적 인물은 성자요, 두 번째 방법의 전형적 표본은 영웅들이다. 이들 두 가지 삶의 방법이 비록 동떨어져 있는 것 같아도 실상 도달점은 하나다. 인간은 스스로를 창조하는 동시에 세계를 창조한다고 했다. 따라서 인간은 자기의 삶과 세계를 재구성하는 존재다. 식물이나 동물은 자연에 순응하지만 인간은 대립 혹은 정복하기도 하지 않던가. 진정한 행복을 원한다면 개인과 세계의 공유된 삶 안에서 그것을 추구해야 한다.

행복은 우리 내면에 존재한다

행복은 내면에 있으며 그 사람의 것이다. 하지만 행복이나 기쁨 등이 외부의 어떤 것에서 비롯된다고 생각하는 경우가 많다. 음식을 먹고 나서 배가 부르면 만족의 순간을 경험하고, 오랜만에 친구를 만나 인사를 건네면 순간적으로 기쁨이 찾아오며, 작품을 완성시키는 순간 예술가는 얼마 동안 평화를 체험한다. 바로 이 순간에 실제로 사념이 정지하면서 내면의 빛이 섬광처럼 비춘다고 한다.

그러나 이 현상은 지속적이지 못하며, 그것조차도 내면의 진정한 축복이 아니라 그 그림자에 불과하다. 무지한 사람에게는 세상이 수많은 고통과 혼란으로 가득 찬 것처럼 보이지만 진정한 나를 깨달은 사람에게는 지금 이 자리가 곧 천국이다. 신은 축복과 아름다움으로 가득 차 있으며, 인간 모두의 내면에 존재하기 때문이다.

2장 ✦
✦
가위, 톱, 혀의
힘겨루기

죽기 5분 전, 어떻게 살 것인가

이미 잘 알려진 도스토옙스키에 대한 일화다. 그는 1848년 사회주의 혁명 단체 가입을 주동한 죄목으로 사형을 당하게 되었다. 그때 그의 나이 스물여덟이었다. 영하 50도의 사형장, 그에게 5분의 유언 시간이 주어졌다. 그는 '2분은 유언, 2분은 신변 정리, 1분은 자연을 돌아보겠다'고 마음먹었다.

그런데 가족을 생각하는 동안 2분이 지나가버렸다. 그의 계획은 틀어졌고, 남은 3분을 어떻게 써야 할지 생각하는 순간 '과연 나는 28년 동안 무엇을 하며 어떻게 살았나?'라는 의문이 들었다. 앞이 캄캄해졌다.

'이럴 줄 알았다면 시간을 좀 더 아껴 쓰고 가치 있는 삶을 살 걸! 다시 한 번 살 수만 있다면….'

그의 눈에서는 눈물이 흘러내렸고, 철커덕 실탄을 장전하는 소리가 들렸다. 그때 갑자기 말을 탄 병사가 흰 깃발을 흔들며 달려왔다.

"황제의 특사령이오, 멈추시오!"

도스토옙스키는 죽음을 면했으며, 그 후 10년의 유형 생활을 마치고 1859년 모스크바로 돌아갔다. 그는 한평생 사형당할 뻔했던 그 순간을 기억하며 시간의 고귀함을 가슴 깊이 간직한 채 영혼의 문제에 심취해 작품 활동을 했다고 한다.

황량한 마음의 들판에 꽃을 피우자

미국 샌프란시스코의 어느 작은 마을에 요한이라는 집배원이 있었다. 그는 젊을 때부터 약 50마일에 달하는 마을 부근을 매일 오가며 우편물을 배달해왔다.

어느 날 요한은 배달 중에 마을로 이어진 거리를 뒤덮고 있는 뿌연 흙먼지를 보게 되었다. 풀 한 포기, 꽃 한 송이 피어 있지 않은 모랫길을 걸으며 그는 깊은 시름에 잠겼다. 오랜 세월 흙먼지만 마시며 정해진 길을 시계추처럼 왔다 갔다 하다가 인생이 끝나버릴지도 모르겠다는 황막감을 느낀 것이다. 그러다가 그는 무릎을 탁 치며 혼잣말로 중얼거렸다.

"어차피 내게 주어진 일이고 똑같은 날이 매일 반복된다면 허탈한 심정으로 바라만 볼 게 아니라 황폐한 것을 아름답게 만들면 되잖아?"

그는 다음 날부터 주머니에 들꽃 씨앗을 넣고 다녔다. 하루도 쉬지 않고 50마일를 돌며 짬짬이 그 꽃씨들을 거리에 뿌렸다. 요한은 콧노래를 부르며 우편물을 배달하게 되었다. 이렇게 여러 해가 지나자 그가 다니는 길 양쪽으로 노랑, 빨강, 초록의 꽃들이 앞다투어 피어났다. 봄이면 봄꽃들이 활짝 피어났고 여름에는 여름에 피는 꽃들이, 가을이면 가을꽃들이 쉬지 않고 피어나서 그가 가는 길을 환히 밝혀주었다.

그 꽃들을 보며 요한은 더 이상 인생이 허무하다고 느끼지 않게 되었다. 덕분에 마을 사람들도 웃을 일이 많아졌으며, 요한의 아름답고 행복한 뒷모습을 바라보며 모두가 주머니에 꽃씨를 넣고 다니기 시작했다.

우리도 황량한 마음의 들판에 늘 사랑의 꽃씨를 뿌리며 살아갈 수 있기를 기대해본다.

과속 질주 인생이 최고는 아니다

아프리카에 서식하는 스프링벅이라는 사슴을 아는가? 이 사슴은 푸른 초원에서 한가롭게 풀을 뜯다가 선두의 사슴이 달리기 시작하면 모두 따라서 초원을 질주한다. 뒤에서 뛰는 사슴들은 왜 뛰는지도 모른 채 맹목적으로 속도를 낸다.

그러다가 갑자기 눈앞에 절벽이 나타나도 앞에서 달리는 스프링벅은 속도를 줄이지 못한다. 뒤에서 질주하는 사슴들에게 밀려 계속 앞으로 달릴 수밖에 없는 것이다. 결국 이들은 모두 절벽에서 떨어져 죽는다.

우리 인생도 마찬가지다. 이웃이 집을 사니 나도 집을 사고, 이웃이 자동차를 사니 나도 차를 산다. 이웃이 휴가를 가면 나도 휴가를 간다. 나 자신이 어디서 와서 무엇 때문에 살며 어디로 가는지도 모른 채 마치 스프링벅처럼 무한질주 인생을 산다.

그렇게 살다가는 여지없이 절벽으로 추락하는 비극을 맞을 것이다. 스프링벅처럼 추락하고 싶지 않다면 남들이 속도를 낼 때 잠시 멈춰서 주변을 둘러보는 여유와 관망하는 자세를 갖기 바란다.

해는 다시 떠오른다

사람은 누구나 살면서 위기를 맞을 때가 있다. "이젠 정말 끝이야"라는 목소리가 내면 깊숙한 곳에서 흘러나올 수도 있고, 주변 사람들이 그렇게 수군거릴 수도 있다. 그럴 때면 이 사람의 인생 이야기에 귀를 기울여보길 권한다.

2004년에 타개한 로널드 레이건은 고령에 두 번이나 대통령직을 수행한 인물로 루스벨트, 케네디와 함께 20세기를 빛낸 세 명의 미국 대통령 가운데 한 사람이다. 그는 배우로는 성공하지 못했다. 떠밀리다시피 배우를 그만두고 제너럴일

렉트릭GE에 취업하게 된다. 대부분이 그렇듯 그 역시 일류 배우가 될 수 없음을 한탄하며 인생을 비관적으로 바라볼 수도 있었을 것이다.

하지만 그는 달랐다. GE에 근무하던 1954년부터 1964년까지 그는 기업 현장에서 자신이 무엇을 해야 할지 방향을 세우게 된다. 그는 증가하는 소득세와 거대 정부에 혐오감을 품게 되었고 보수주의 운동에 대한 확신을 갖게 된다. GE의 홍보 담당자로서 그는 자유시장경제의 장점과 시장에 대한 정부 간섭 축소의 이점에 대해 근로자들을 설득하는 임무를 수행하게 된다.

그 기회를 통해 그는 훗날 성공의 바탕이 될 엄청난 정치적 자산들을 만들어내게 된다. 타인의 의견을 진지하게 경청하는 방법, 감정을 상하게 하지 않고 자기 의견을 전달하는 방법, 연설 과정에서 페이스를 조절하는 방법 등을 배우게 된다. 이것들은 미래의 성공적인 정치인들을 위한 값을 매길 수 없는 귀한 자산이 된다. 뿐만 아니라 그는 연설을 하면서도 근로자들과 활발하게 질의응답 시간을 진행함으로써 청중들과 교감하는 기술을 익히게 된다.

살다 보면 처음 의도한 대로 일이 술술 풀리지 않을 때가 많다. 그렇다고 낙담하거나 좌절감에 빠져 시간을 낭비할 필요는 없다. 인생은 생각보다 길고, 해는 또다시 떠오르기 때문이다. 모든 일은 마음먹기에 달려 있다.

가위, 톱, 혀의 힘겨루기

가위가 말했다. 나는 아무리 큰 천이라도 다 자를 수 있다고. 이번에는 톱이 말했다. 아무리 큰 나무도 내가 몇 번 왔다 갔다 하면 쓰러뜨릴 수 있다고. 그러자 혀가 말했다. 나는 일평생 쌓은 것도 한순간에 무너뜨릴 수 있고, 아무리 죽고 못 사는 부부 사이나 친구 사이도 한순간에 갈라놓을 수 있다고.

혀가 말한 대로 일평생 쌓은 노력이나 공도 한순간에 무너질 수 있으니 항상 말을 조심해야 한다는 교훈이 담긴 우화다. 가족이나 직장 동료들에게는 용기를 주는 말, 칭찬하는 말, 사랑스럽고 따뜻한 말, 격려하고 인정하는 말을 건네자. 함께 힘을 얻을 수 있을 것이다. 반대로 비난하는 말, 불평불만, 누군가를 헐뜯는 부정적인 말들은 서로에게 안 좋은 영향만 끼치므로 반드시 삼가야 한다.

시련의 참의미

상처가 있는 조개만이 진주를 품고, 불에 달군 쇠가 단단하듯 시련을 겪은 사람이 보다 큰 성공을 약속받는다는 말을 들어본 적이 있을 것이다. 이와 관련된 이야기로 일본에서 있었던 일이다.

한 광고 회사에서 아르바이트 학생을 고용해 광고 카피를 맡겼다. 물론 처음부터 큰 기대를 한 것은 아니고, 만약 소질이 발견된다면 정식으로 채용해 교육을 진행할 예정이었다. 그런데 이변이 일어났다. 한 학생이 작성한 광고 문안이 기존 카피보다 훨씬 좋았던 것이다.

광고 회사 사장은 그 학생을 불러 그 자리에서 바로 채용했고 보수도 후하게 주기로 했다. 그리고 계속 많은 관심을 기울이며 지켜보았다. 그러나 사장은 곧 실망하고 말았다. 재능이 특출하다고 생각했건만 회사에 정식 채용된 후로는 그토록 예리하고 독창적이던 카피가 나오지 않는 것이었다. 어째서일까? 아르바이트를 할 때보다 근무 조건이나 작업 환경 등 모든 면에서 좋아졌을 텐데 알 수 없는 노릇이었다.

기대가 컸던 만큼 사장은 미련을 버리지 못하고 사람을 시켜 그 학생의 가정 환경을 조사해보았다. 안타깝게도 학생은 다 쓰러져가는 판잣집에서 가족들을 부양하며 근근이 살아가고 있었다. 아르바이트를 하지 않을 수 없는 절박한 상황에 놓여 있었던 것이다. 이를 알게 된 사장의 뇌리에 한 가지 묘안이 떠올랐다. 사장은 학생을 다시 불렀다.

"여보게, 자네는 오늘부터 예전처럼 아르바이트로 우리 일을 해주게. 좋은 카피는 언제나 환영하겠네."

이렇게 해서 학생은 다시 아르바이트 자격으로 광고 문안을 쓰게 되었다. 생활은 자연히 예전처럼 어려울 수밖에 없었다.

과연 이 학생은 그 후 어떻게 되었을까? 학생은 다시 전과 같은 놀라운 재능을 발휘하게 되었고, 그 결과 광고 업계에서 손꼽히는 카피라이터로 성장했다. 시련의 쓰라림 속에서 위대한 예술이 탄생되었듯이 인간에게 시련은 더없이 소중한 자극을 주는 성장 촉진제인 것이다.

포기하지 않는 자만이 성공한다

영국의 수상까지 지낸 윈스턴 처칠은 어린 시절 고향의 한 공립 학교에 다녔다. 당시 처칠은 성적이 중간에도 미치지 못했을 뿐만 아니라 말썽꾸러기 학생으로 유명했다. 만약 그의 아버지가 그 고장의 지주가 아니었다면 그는 졸업은커녕 일찌감치 퇴학당하고 말았을 것이다.

다행히 공립 학교를 졸업한 처칠은 대학을 거쳐 군대에 들어간다. 그리고 군대에서 진가를 발휘하기 시작해 결국 67세에 영국의 수상으로 선출되었다. 처칠의 뛰어난 지도력과 감동적인 연설은 제2차 세계대전 내내 자국민은 물론 연합군으로 참전한 전 세계의 국민들에게 크나큰 용기를 심어주었다.

　세월이 흘러 처칠이 말썽만 피웠던 모교에서 졸업식 연설을 하게 되었다. 어린 학생들 앞에서 그의 생애 가장 짧고 가장 진지한 연설이 울려 퍼졌다.

　"젊은 학생 여러분, 무슨 일이 있어도 포기하지 마십시오. 끝까지 포기하지 마십시오. 그리고 절대로 포기하지 마십시오!"

　그렇다. 인생이라는 마라톤에서 승리하는 비결은 인내다. 인내하는 사람, 포기하지 않는 사람만이 마지막 승리를 맛볼 수 있다.

상처 없는 독수리는 죽은 독수리뿐이다

　상처 없는 독수리는 죽은 독수리라는 말이 있다. 상처 없는 새가 어디 있으랴. 상처를 입은 젊은 독수리들이 벼랑으로 모여들기 시작했다. 날기 시험에 낙방한 독수리, 짝으로부터 따돌림 당한 독수리, 서열이 높은 독수리로부터 할큄

당한 독수리 등 많이도 모였다.

그들은 이 세상에서 자기만큼 상처가 심한 독수리는 없을 거라고 생각했다. 그들은 이렇게 사느니 죽는 게 낫겠다며 어느새 의견 일치를 보았다. 이때 망루에서 파수를 보고 있던 영웅 독수리가 쏜살같이 내려와서 이들 앞에 섰다.

"왜 죽으려고 하느냐?"

"괴로워서요. 차라리 죽는 게 낫겠어요."

영웅 독수리가 말했다.

"난 어떨 것 같으냐? 상처 하나 없을 것 같지? 하지만 이 몸을 봐라."

영웅 독수리가 날개를 펴자 여기저기 찢기고 할퀸 상처가 나타났다.

"이건 날기 시험 때 솔가지에 찢겨 생긴 것이고, 이건 서열 높은 독수리가 할퀸 자국이다. 하지만 이것은 겉에 드러난 상처에 불과하다. 마음의 빗금 자국은 헤아릴 수도 없다."

영웅 독수리가 조용히 말했다.

"자! 일어나 날자꾸나. 상처 없는 새들이란 이 세상에 태어나자마자 죽은 새들뿐이다. 살아가는 우리 가운데 상처 없는 새가 어디 있겠느냐?"

성숙을 위한 시련

영국의 시인 바이런은 "자고 일어나 보니 유명해졌더라"라
는 말을 남겼다. 하지만 하루아침에 영웅이 될 순 없다. 좋고
나쁨의 평가는 결과에 의해 판단되는 것이지만 그 결과를 낳
기까지는 오랜 성숙의 시간이 필요하다.

로마가 하루아침에 이루어지지 않은 것처럼 작은 병아리
가 세상에 태어나기까지 어미 닭은 무려 21일간 알을 품고
있어야 한다. 마찬가지로 한 마리의 매미가 성충이 되어 울
기 위해서는 무려 7년이라는 세월이 필요하다.

세상의 이치는 모두 마찬가지다. 위대한 과학자들도 하나
의 발견 또는 발명을 위해 갓난아이를 살리는 인큐베이터처
럼 '인큐베이션'이 필요하다. 풀리지 않는 숙제에 고민하고,
실패를 거듭 되풀이하면서 그 위대한 가능성을 실현하고자
노력하는 것이 바로 과학자들이다.

인큐베이션이란 곧 발효의 과정이라고 할 수 있다. 훌륭한 위스키가 참나무통 속에서 몇 년 또는 몇십 년 이상의 발효 과정을 거치는 것처럼 성숙을 지향하는 우리에게도 인큐베이션이 필요하다. 세련된 숙련공의 솜씨를 깊이 없이 흉내만 낸 것은 결코 명품으로 인정받을 수 없다.

인간은 모두 타고난 세일즈맨이라고 말한다. 하지만 누구나 다 세일즈의 비결을 터득하는 것은 아니다. 슈퍼 세일즈맨으로 성공한 사람들의 공통된 비결은, 처음부터 성공한 것이 아니라 오히려 쓰디쓴 실패를 경험한 후 그 실패를 극복하기 위해 자신만의 세일즈 방식을 찾아내서 최선의 노력을 기울였다는 점이다.

이제 당신의 두뇌 속에도 발효의 창고가 필요하다. 하나하나의 단편적인 생각과 경험을 차곡차곡 쌓아두고 그것을 성공의 거름으로 숙성시키는 인큐베이션의 시간을 가져라. 한 걸음 또 한 걸음 그 성숙의 시련을 소중히 다루는 과정에서 끈기를 배우게 되고, 그 끈기를 쌓아올린 결과가 당신의 재능을 돋보이게 하는 힘이 될 것이다.

신념은 무한한 기적을 낳는다

세상에는 인간의 상식을 초월하는 기적에 가까운 일들이 많이 발생한다. 보통 사람은 도저히 할 수 없는 초인간적인 일을 해내는 사람들도 있다. 그 위대한 힘, 초인적 능력의 원천이 바로 신념이다.

또한 신념의 힘은 의사도 못 고치는 병을 기적적으로 치료하기도 한다. 각종 종교 집회나 기도회에서 불치병이 심심찮게 치유되는 사례는 모두 신의 은총을 강력히 믿은 신념의 작용인 것이다.

새로운 약도 발명된 후 6개월까지는 아주 잘 듣는다고 한다. 이유가 무엇일까? 한마디로 말한다면 새 약에 대한 신뢰가 병을 낫게 하는 것이다. 사람들은 TV나 라디오 등 대중매체를 통해 계속해서 새 약의 효력을 듣는다. 이로 인해 약에 대한 신뢰의 분위기가 조성되고, 나을 수 있다는 강한 희망이 솟아난다. 그러나 시간이 지나고 그 약을 복용하고도 낫지 않는 사람들이 생겨나면서 불신 풍조가 팽배하고 그 약은 효능이 없는 것으로 인식된다.

또 의사를 믿는다면 약보다 의사가 더 도움이 되기도 한다. 아파서 병실에 누워 있을 때는 의사가 회진을 와주었다는 사실만으로도 마음이 편해지고 몸이 많이 나아진 듯한 느낌이 든다. 의사는 아직 진찰도 하지 않았고 아무 약도 주지 않았는데 이미 반은 나은 것 같다. 신뢰할 수 있는 사람이 같이 있을 때 우리는 자신이 지고 있는 짐을 내려놓게 된다.

가짜 약, 즉 플라세보에 대해 알고 있을 것이다. 식염수나 녹말 등으로 만들어 실제로는 생리작용이 전혀 없는 약으로, 당연히 병에 대해 아무런 치료 효과도 없다. 그러나 우리가 믿고 있는 의사가 그 약을 줄 때 그것은 진짜 약만큼이나 효과를 발휘한다. 사실 거의 같은 정도의 효과를 낼 수 있다. 마음은 물질보다도, 몸보다도 더 강력한 것이다.

그러므로 모든 문제에 대해 적극적이고 낙관적인 태도를 가져야 한다. 내 삶에 대해 애정을 갖고, 상처를 치유하는 데 도움이 되는 생각을 해야 한다. 무엇보다 중요한 자산은 긍정적으로 사고하는 것이다. 지금 당신이 상상하는 긍정적인 미래의 모습이 곧 현실로 이루어진다고 굳게 믿어야 한다. 믿음이 기적을 만든다.

이라는 세월은 충분히 그럴 가능성이 있었다.

그러던 어느 날 블론디는 영국 내각의 교육부장관으로부터 뜻밖의 편지를 받게 되었다. 데이비드는 바로 자신의 어린 시절 이름이며, 지금까지 노트를 보관해준 것에 깊이 감사드린다는 내용이었다.

하지만 그는 다른 제자들과는 달리 작문 노트를 돌려받고 싶은 생각이 전혀 없다고 말했다. 왜냐하면 작문 숙제를 제출하고 난 이후로 단 한 번도 뇌리에서 그 꿈을 지운 적이 없으며 늘 가슴 깊이 새기고 있었기 때문이라고 설명했다. 그는 당시 노트에 적었던 미래의 모습을 하루도 잊지 않고 살아왔으며, 25년이 지난 지금 당당히 그 꿈을 실현했던 것이다.

데이비드는 서른 명의 동창들에게 꼭 해주고 싶은 말이 있다며 편지를 쓴 이유를 밝혔다. 그가 하고 싶은 말은 바로 이것이었다.

"비록 젊은 날의 몽상일지라도 세월의 풍파에 휩쓸리지 않도록 수수방관하지 않는다면 어느 날 그 꿈이 눈앞에 실현되어 있음을 발견하게 될 것이다."

훗날 이 편지는 〈태양〉이라는 잡지에 실리게 된다. 이 편지의 주인공은 최초로 영국 내각에 진출한 시각장애인으로, 그는 학창 시절의 꿈을 분명히 실현할 수 있음을 몸소 세상에 증명해 보였다. 만약 그가 당시에 대통령을 꿈꾸었다면 혹시 대통령이 되어 있었을지도 모른다.

학창 시절 당신의 꿈은 무엇이었는가? 노트를 꺼내 그 꿈을 적어보자. 25년 후 그것을 펼쳐 보았을 때 그 꿈을 한낱 젊은 날의 몽상으로 추억할 것인가, 아니면 당당히 그 꿈을 이루어 뿌듯해할 것인가? 그것을 결정하는 것은 오로지 자신뿐이다.

절망을 희망으로

블루진의 명가 '리바이스'의 설립자 리바이 스트라우스에 관한 이야기는 많이들 들어서 알고 있을 것이다. 1850년대 미국에 골드러시가 한창일 때 리바이 스트라우스도 황금 바람이 불어오는 서부를 향해 발길을 재촉했다. 그러나 그가 서부로 간 이유는 금광을 찾기 위해서가 아니라, 금광을 찾아 비바람을 맞으며 노숙하고 있을 광부들에게 천막을 팔기 위해서였다.

그러나 광부들은 캔버스 천막보다는 서부의 넘쳐나는 원목들을 베어 오두막을 지으려 했다. 계획이 빗나간 것이다. 산더미처럼 쌓아놓은 천막용 천은 겨우 몇 개만 팔리고 나머지는 모두 고스란히 재고로 남고 말았다. 절망이었다.

그러나 궁지에 몰린 상황에서도 그는 쉽사리 좌절하지 않고 재고 처리를 고민하기 시작했다. 궁리 끝에 이 천으로 닳기 쉬운 광부들의 바지를 만들어보면 어떨까 하는 생각을 하게 되었다. 과연 그의 예상은 적중해서 천막에 쓰였던 캔버스로 만든 바지는 순식간에 큰 인기를 모았다. "땅굴 파는 데 제격인 질긴 바지가 나왔다"는 소문은 삽시간에 서부 광산지대를 중심으로 전국으로 퍼져나갔다.

급격히 늘어나는 수요를 소화하기 위해 1853년, 그는 동생과 함께 공동으로 '리바이 스트라우스 앤드 컴퍼니'를 창설한다. 캔버스 천을 바지 옷감으로 바꾼다는 발상 하나로 리바이의 신화가 잉태되기 시작한 것이다. 그리고 결정적으로 광부들을 괴롭히는 방울뱀이 질색한다는 시퍼런 인디안 물감으로 원단을 염색하면서 블루진이 탄생하게 되었다.

어느 날 그는 마을 중심가에 나왔다가 한 늙은 광부가 양복점에서 떠드는 소리를 들었다.

"거 말이야, 리바이스는 단추가 약해서 안 돼. 나뭇조각이나 조개껍질 정도로는 어림도 없으니 더 튼튼한 쇠붙이 단추로 만들어주게나!"

'아차, 그걸 미처 생각 못 했구나!'

그는 곧바로 공장으로 돌아와 이것저것 금속들을 실험해 본 결과 구리 못이 활용성이 좋다는 사실을 알아냈다. 1873년 그는 구리 단추 사용에 대한 특허를 출원했다. 그리고 이것이 연방정부 특허국에서 승인되어 이 구리 단추는 마침내 독점 상품이 되었다.

'절망을 희망으로, 위기를 기회로' 삼아 오늘날 세계적인 기업으로 우뚝 선 청바지의 명가 '리바이스'의 이 창립 일화가 유명한 것은 이렇듯 많은 가르침을 담고 있기 때문이다.

부자일수록 점점 더 부자가 되는 이유

이번에는 사람의 자산 가치를 냉정하게 구체적인 숫자로 표시하려고 한다. 사람은 돈으로 평가할 수 없는 귀한 존재임을 잘 안다. 하지만 현재 자신의 수입을 검토해 자산으로서 얼마의 가치가 있는지 아는 것은 분명히 필요한 일이며, 그런 평가를 통해 돈의 힘이 얼마나 무서운지를 알리고자 하는 의도이니 오해가 없었으면 한다.

신입 사원에서 중간 관리자까지의 연봉을 대략 2,400만 원, 3,600만 원, 4,800만 원이라고 치자. 지금은 이자율이 많이 떨어졌으나 자본의 수익률을 6%로 계산해 4억 원, 6억 원, 8억 원의 자산을 운영하면 각각 연간 2,400만원, 3,600만원, 4,800만원의 수익을 기대할 수 있다.

연봉 2,400만 원을 받는 사람은 4억 원의 자본이 올릴 수 있는 이익과 같으므로 명목상 4억 원의 자산 가치가 있다고 할 수 있다. 그러나 문제는 기본 생활비 등을 비롯해 삶을 영위하기 위한 비용이 최소한 1,800만 원은 될 것이고, 그렇다면 실제적인 수입은 연간 600만 원에 불과하다. 따라서 본인이 얻는 실제적인 수입으로 보면 자산 가치는 1억 원에 불과하다.

반면 20억 원의 자산을 운용해 연간 1억 2천만 원의 부를 축적하고 있는 사람은 연봉 2,400만 원을 받는 신입 사원 다섯 명이 그 돈을 한 푼도 쓰지 않고 갖다 주는 것과 같다. 왜 부자들이 더 큰 부자가 되는지 쉽게 이해가 되지 않는가? 부자들은 자본을 통해 자기들을 위해 한 푼도 쓰지 않고 갖다 주는 충성스러운 일꾼들을 많이 데리고 있기 때문이다.

아날로그 시대에서 디지털 시대로의 변화는 모든 것을 숫자로 표시한다. 당신의 현재 자산 가치를 분명하게 금액으로 평가해보라. 너무 우울하고 야박한 표현일 수도 있다. 그러나 돈이 없어서 겪어야 하는 고통에 비하면 아무것도 아니다. 이 계산을 통해 당신은 자본이 얼마나 중요한지를 확실히 깨닫게 될 것이고, 부자가 되기 위한 길이 힘들어 포기하고 싶을 때 그 자산 가치를 되씹어 보면 새로운 용기가 생길 것이다.

아직 부자가 아니라면 오늘 당장 당신을 부자로 만들어줄

종잣돈, 즉 Seed Money 계좌를 만들어라. 금액이 적어도 상관없다. 중요한 것은 내일이 아닌 오늘 시작한다는 것이다. 당신이 부자가 될 때까지 이 돈은 오직 재투자에만 사용해야 한다. 조금씩 늘어나는 금액을 보면서 당신은 숫자에 익숙해지고 그 숫자를 보는 것이 재미있을 것이다.

막연하게 생각하지 말고 구체화하라. 평소 숫자에 관심을 갖는 습관을 훈련하라. 부자는 숫자에 매우 강하다.

전화위복

랍비인 아키바가 여행을 하고 있었다. 그는 여행에 필요한 조그마한 등잔과 약간의 식량, 그리고 긴 여행 동안 동무가 되어줄 늙은 개 한 마리를 데리고 다녔다.

그날도 땅거미가 지자 아키바는 밤을 보낼 곳을 찾았다. 마침 헛간 하나를 발견해 그곳에서 잠을 자기로 했다. 그러나 아직 잠을 자기에는 이른 시간이었으므로 등불을 켜놓고 책을 읽었다. 그런데 시간이 얼마나 지났을까, 갑자기 바람이 불어와 등불이 꺼지고 말았다. 그는 하는 수 없이 잠을 청했다.

아침에 눈을 떠보니 개가 죽어 있었다. 밤사이에 큰 짐승이 와서 개를 물어 죽였던 것이다. 아키바는 등잔만 갖고 혼자 길을 떠났다. 가까운 마을에 도착했는데 사람들의 모습이 전혀 보이지 않았다. 사람들의 시체며 불에 탄 집들, 여기저기 널브러진 세간들이 전날 밤 도둑들의 습격을 말해주고 있었다.

만일 바람에 등불이 꺼지지 않았더라면 자신도 도둑들에게 발견되어 화를 면치 못했을 것이 틀림없었다. 또 개가 살아 있었다면 짖어대는 통에 자신이 노출되어 마찬가지로 죽었을 것이다. 아키바는 가진 것을 모두 잃은 덕에 도둑들로부터 죽음을 면할 수 있었음을 깨달았다.

탈무드는 말한다.

"최악의 형편에 처하더라도 희망을 잃지 말라. 전화위복이 될 수 있다는 것을 믿어야 한다."

그렇다. 절망이라는 말은 행운의 단어가 아니다. 모든 것이 정말로 끝나버리기 전에는 언제나 희망을 가져야 한다.

남을 위해 봉사하고 누리는 기쁨을 전혀 알지 못했다. 그의 곁에는 아무도 다가가지 않았다. 온종일 혼자 낚시에 골몰하던 그의 바구니에는 호탕한 친구보다 훨씬 적은 양의 물고기가 담겨 있었다.

뛰어난 재능을 갖고 있다고 해도 다른 사람들과 공유하지 않는다면 그것은 아무 소용이 없다. 세상은 혼자 살아갈 수 없기 때문이다. 남에게 내가 가진 것을 나눠 주고 봉사하는 것이 결국 내 것을 더 크게 만드는 길이다.

거대한 목표도 작은 일부터

삶을 살면서 문제점을 잘 알고 정복한다면 보다 놀라운 결과를 얻을 수 있다. 샌프란시스코의 금문교를 가본 사람이라면 그 다리가 얼마나 뛰어난 작품인지 알 것이다. 길이가 1마일이 넘는 2개의 거대한 케이블이 746피트 높이 2개의 탑에 매달린 채 차도를 지탱하고 있다.

이 도로로 매년 수백만 대의 자동차가 지나간다. 이 케이블들은 직경이 3피트에, 무게가 각각 2,400만 파운드나 나가기 때문에 한꺼번에 설치할 수가 없었다. 땅에서 만든 후 공중으로 끌어올려 탑 꼭대기에 매달아야 하는데 방법이 없었다.

그렇다면 어떻게 이 케이블들을 매달았을까? 케이블 하나는 실제로 27,572개의 가는 철사로 만들어졌으며, 철사 하나의 두께는 연필 두께와 비슷했다. 이 철사들을 한데 묶어 61개의 봉으로 만들었다. 그런 다음 이 봉들을 압축한 후 한데 묶어 3피트의 줄로 만들었다. 그리고 마지막으로는 가느다란 철사로 케이블을 감아 매끄럽게 마무리했다. 수천만 파운드의 무게를 지탱하는 이 거대한 케이블은 이렇게 가는 철사를 모아 만들어진 것이다.

삶도 이와 마찬가지다. 작은 일 하나하나를 충실히 이행하고 목표를 하나씩 완수해나간다면 그것들이 쌓여 많은 무게 결과를 지탱성취하게 될 것이다. 금문교의 거대한 케이블을 이루고 있는 가는 철사들처럼 잠재력을 실현하고 특별한 삶을 기였네. 가뭄 때문에 그 나무는 땅속으로 뿌리를 더 깊이 내려야만 했겠지. 그래야 필요한 수분과 영양분을 얻을 수 있으니까. 그리고 가뭄이 사라지자 나무는 튼튼해진 뿌리 덕분에 더 크고 더 빠르게 성장할 수 있었을 것이네."

추운 겨울나무가 겉 부분을 얼게 만드는 고통으로 깊은 속을 보호하며 밝고 따뜻한 봄을 기다리듯이, 새벽이 오기 전에 어둠이 가장 짙어지듯이, 지금 내가 느끼는 힘든 삶은 더 높이 뛰어오를 수 있는 발판이 되어줄 것이다. 썰물이 가면 밀물이 몰려오듯이 추운 겨울이 가면 반드시 꽃피는 봄이 온다. 아무리 극심한 고통이나 상처도 언젠가는 아물기 마련이고 반드시 새살이 돋는 법이다.

물질보다는 높은 이상을 추구할 자유

많은 사람들이 느끼는 막연한 불안감이나 긴장감, 물질적이고 재정적인 성공에 대한 갈망은 시장에 쏟아져 나오는 제

품과 사치품에 의해 더욱 고조되고 있다. 그중에는 물론 필요한 것들도 있지만 그렇지 않은 것들도 많다.

작가이자 사상가인 헨리 소로는 이에 대해 "사치품은 필수불가결한 것도 아닐뿐더러, 인간의 고결함에 방해가 된다"고 말했다. 우리는 종종 최신 유행의 스타일, 자동차, 가전제품들이 필요하다고 생각할 때가 있는데, 그것은 광고에 의해 끊임없이 설득당하기 때문이다.

실제로 우리는 그런 것들 없이도 행복할 수 있으며, 훨씬 더 단순하면서도 충만한 삶을 살 수 있다. 분명한 것은 우리의 귀중한 시간과 에너지를 물질적인 욕망과 돈을 얻는 데 쓰지 않는다면 보다 높은 이상을 추구할 자유를 더 많이 갖게 될 거라는 사실이다.

이러한 어려운 상황에서 벗어날 수 있는 방법은 생활을 단순화하고 집착에서 벗어나는 것이다. 당신이 이미 많은 부를 소유하고 있음을 깨닫는 것이다. 물질적인 안락보다는 예를 들어 건강, 인간관계, 그리고 당신이 배우고 이루어냈던 많은 것들을 생각하고 그것에 감사하는 것이다.

기다림의 기술

외국 신문에 게재된 '기다림'이란 제목의 짧은 칼럼을 소개하겠다.

"생은 기다리는 시간들로 이루어져 있다. 어린아이는 자전거를 탈 수 있을 만큼 나이가 들 때까지 자전거 타기를 기다려야 한다. 젊은이는 차를 운전할 수 있을 때까지 기다려야 한다. 의학도는 의사 면허증을 받을 때까지, 직장인은 승진을 위해 기다려야 한다. 부부는 가정의 평온을 위해, 새 집을 마련하기 위해 기다려야 한다."

기다림의 기술은 한순간에 습득되는 것이 아니라 제대로 기다릴 줄 알아야 비로소 얻을 수 있는 인내라는 열매인 것이다.

다가오고 있을 때는 더더욱 포기하면 안 돼요."

그는 어안이 벙벙했다. 솔직히 본인도 스스로에 대한 확신을 잃었는데 오히려 아내는 남편이 지닌 작가로서의 재능을 한 번도 의심한 적이 없었다.

남자의 성공을 확신한 사람은 아내뿐만이 아니었다. 뉴욕의 한 편집자 역시 그의 소설에 지지를 보내왔다. 용기를 얻은 그는 1,500매에 달하는 원고를 써 내려갔고 탈고하자마자 톰슨에게 보냈다. 톰슨은 왠지 시큰둥한 반응을 보이며 겨우 2,500달러를 제안해 계약을 맺었다.

그러나 톰슨의 예상은 완전히 빗나갔다. 소설은 출간되자마자 500만 부나 팔려 나가며 대성공을 거두었다. 공포 소설의 고전이라 불리는 스티븐 킹의 《캐리》는 이렇게 탄생했다. 1976년에 그의 작품은 영화로 제작되었는데, 그해 흥행에 성공한 최고의 영화로 기록되었다.

첫걸음에 성공하는 사람은 극소수에 지나지 않는다. 험난한 여정에도 포기하지 않고 끝까지 한발 한발 전진하는 사람만이 진정한 성공의 기쁨을 만끽할 수 있다.

인생은 바이올린 줄과 같다

바이올린을 연주하려면 끊어질 듯이 팽팽하게 줄을 죄어서 준비를 해야 한다. 사람 역시 끊어지기 직전의 팽팽한 바이올린 줄처럼 최대의 고통을 겪고 이겨내야 비로소 아름다운 음색을 낼 수 있다. 괴로움이나 고통을 참고 견디는 인내력을 키워야 내 안에 간직된 가장 아름다운 음색이 나올 수 있는 것이다. 참된 아름다움, 참된 즐거움은 진정으로 괴로움과 고통을 아는 사람만이 맛볼 수 있다.

극한까지 팽팽하게 조인 고통을 경험한 적이 없는 사람은 느슨하게 풀어져 아무런 소리도 낼 수 없는 바이올린 줄과 같다. 그런 사람은 자기 내면의 무한한 가능성을 그저 간직하기만 할 뿐 제대로 된 능력을 발휘하지 못한 채 무가치하고 무능력한 사람으로 그냥 왔다 그냥 가는 인생을 살 수밖에 없다.

어려움과 걱정은 나에게서 비롯된다

수염 기르는 것을 좋아하는 노인이 있었다. 반백의 수염은 길이가 무려 한 자나 되었다. 어느 날 노인이 문 앞을 서성이는데 이웃집의 다섯 살배기 아이가 이런 질문을 하는 것이었다.

"할아버지, 밤에 주무실 때는 긴 수염을 이불 속에 넣으시나요? 아니면 이불 밖으로 꺼내놓고 주무시나요?"

노인은 그 순간 아무 대답도 하지 못했다. 그날 밤 잠자리에 누운 노인은 갑자기 아이의 말이 떠올라서 먼저 수염을 이불 밖으로 꺼내보았다. 느낌이 부자연스럽고 이상했다. 그래서 이번에는 다시 수염을 이불 속으로 넣어보았다. 그래도 왠지 불편했다. 이렇게 노인은 긴 수염을 이불 속에 넣었다 뺐다 하면서 온밤을 지새웠다. 전에는 잘 때 수염을 어떻게 했는지 도무지 생각이 나지 않았다.

다음 날 날이 밝자마자 노인은 이웃집 문을 두드렸다. 마침 아이가 문을 열었다. 노인은 대뜸 화를 내며 이렇게 말했다.

"모두 네 녀석 탓이다. 너 때문에 간밤에 한숨도 못 잤단 말이다."

수염을 이불 속으로 넣을지 밖으로 꺼낼지의 문제가 그렇게 고민할 일인가? 이처럼 사람들은 종종 아주 단순한 문제를 복잡하게 생각하며 스스로 걱정을 만들어서 하곤 한다. 수많은 어려움과 걱정들은 모두 스스로에게서 비롯된다. 마음속의 근심 걱정을 쫓아버리고 느긋하게 평온한 마음을 유지해야만 더욱 훌륭한 일을 해낼 수 있다.

욕심이 행복을 내쫓는다

걱정 많은 한 부자가 있었다. 큰 사업을 하던 이 상인은 매일 수지를 맞춰보고 마음 졸이며 걱정을 너무나 많이 했다. 그 부자의 옆집에는 두부 장사를 하는 가난한 부부가 살고 있었다. 그들은 가난했지만 대화와 웃음이 끊이지 않았다. 부자의 부인이 옆집 부부를 질투하자 남자는 이렇게 말했다.

"그게 뭐 어렵나? 내가 내일부터 저들이 웃지 못하게 만들어주지."

다음 날 아침, 연유를 알 수 없는 금괴를 발견한 가난한 부부는 어안이 벙벙해 몸도 마음도 완전히 굳어버렸다. 이 돈이 어디서 왔을까 추측해보고, 더 많은 돈을 얻을 수는 없는지 고민하기 시작했다. 이렇게 사흘 밤낮을 밥도 제대로 먹지 못하고 잠도 편히 잘 수 없었다. 이때부터 더 이상 그들의 대화 소리와 웃음소리는 들리지 않았다.

그것을 본 담 너머의 부자가 아내에게 말했다.

"그것 보게. 우리도 처음에는 저렇게 살지 않았던가? 이렇게 간단한 일을."

돈이 부족하면 삶은 힘들어진다. 하지만 인간에게 꼭 필요한 그 돈 때문에 걱정이 생기고 평안했던 생활도 삐걱대는 경우가 적지 않다. 돈 때문에 불행해지지 않도록 돈의 의미를 제대로 알고 올바르게 활용하는 지혜를 길러야 할 것이다.

배우지 않는 사람은 죽은 것이다

"나이가 많아서 이제 더 배울 것이 없다"고 말한다면 그것은 인생에 아무런 목표나 이상이 없는 상태로, 이미 정신적인 죽음을 맞은 것이다. 몸은 늙을지라도 마음만은 젊음을 유지하고 싶다면 계속 배워야 한다. 청춘이란 나이로 결정되는 것이 아니라 태도의 문제인 것이다. 이것은 근대 의학에서도 증명되었으며, 2,000년 전에 유대인이 자녀 교육과 생활 지침으로 기록해놓은 탈무드를 통해서도 확인할 수 있다.

배운다는 것은 인생에 대한 의욕과 애정의 증거다. 살아 있는 동안에는 쉬지 않고 배워야 한다. 배움이야말로 삶을 영위하는 사람에게는 반드시 필요한 성스러운 행위인 것이다. 가장 위대한 교사라 할지라도 끊임없이 배워야 한다. 배움에는 끝이 없는 법이다.

히브리어에는 '배우는 사람'이라는 뜻으로 '람단'이라는 말이 있다. 방대한 지식의 소유자보다 배우고 있는 사람이 더 존귀하다는 의미로 들린다. 배움은 삶 전반에 걸쳐 폭넓게 이루어질 때 인간답게 살아가도록 우리를 이끌 수 있다. 배움의 목적은 사람다운 생활을 하기 위한 것이다. 탈무드는 말한다.

"남보다 뛰어난 사람은 두 종류의 교육을 받고 있다. 하나는 스승으로부터 받는 교육이며, 또 하나는 자기 자신으로부터 받는 교육이다."

한 번뿐인 인생을 낭비하고 싶지 않다면, 삶의 질을 높이고 싶다면 항상 새로운 것을 배워 능력의 향상을 꾀해야 한다.

지성이란 은그릇과 같아서 닦기를 게을리하면 변색되고 만다. 그리고 서로 다른 여러 가지를 배우면 그로부터 얻게 된 다양한 앎이 서로 어울려 새로운 지혜와 통찰력이 솟아난다. 각기 다른 요소가 상호작용을 하기 때문이다. 그래서 종종 스스로도 놀랄 만한 식견이 생겨나는 것이다.

인생의 기본 단위는 하루

한평생의 행복, 성공, 사랑도 결국 하루하루의 행복, 성공,

사랑이 모인 것이라고 할 수 있다. 따라서 인생이 행복하기 위해서는 우선 오늘 하루 행복해야 하며, 인생에 성공하기 위해서는 오늘 하루가 성공적이어야 한다. 결국 우리 인생의 행복과 성공은 오늘이라는 하루 24시간을 얼마나 값지게 사용하느냐에 달려 있다. 하루를 멋지게 완성하는 방법을 알아보자.

1. 아침에 눈을 뜨는 순간은 하루 중 가장 중요한 선택의 시간이다. 신나는 아침을 선택할 수도 있고, 힘든 아침을 선택할 수도 있다. 눈을 뜨면 먼저 미소로 아침을 맞이한다. 두 눈에 가득한 희망의 빛으로 맞이한다. 더 이상 누워 있지 않는다. 몽롱한 상태로 이불 속에 머무는 것은 통나무가 뒹굴고 있는 것과 같다. 아침에 꾸물거리면 그 습성이 온종일 가는 법이다. 일어나서 의자 끝에 앉아 상체를 세우고 다음을 상상한다.

2. 미래에 자신의 목표가 이루어진 모습을 1분 동안 상상한다. 오늘 하루가 내 뜻대로 모두 이루어지는 모습을 3분 동안 상상한다. 그리고 진심으로 다음과 같이 소리친다. "오늘은 내 인생 최고의 날이다. 나는 오늘 행복을 선택한다. 나는 오늘 성공을 선택한다. 나는 오늘 마음의 평화를 선택한다. 나는 오늘 만나는 모든 이에

게 사랑과 선을 베푼다. 나는 나의 창조적 상상력을 최대한 발휘하고 품격 있는 시간을 보낸다."

3. 오늘의 계획을 확인한다. 그리고 간단한 체조나 산책 등을 통해 체력을 단련한다.

4. 반드시 아침 식사를 하고 여유 있게 출근한다. 컨디션이 좋은 아침 시간에는 가장 중요한 일을 먼저 하는 것이 좋다. 낮에도 우선순위에 따라 가장 중요한 것부터 질서 정연하게 처리한다. 예정에 없는 충동적 행위는 피해야 한다. 1시간 일을 하면 10분은 쉬는 것이 좋다. 그리고 5분, 10분 정도의 자투리 시간들을 잘 활용하는 것이 의외로 중요하다.

5. 저녁에는 오늘의 결과를 반성한다. 오늘 있었던 모든 일을 뒤돌아보면서 하루를 정리한다. 그리고 내일을 미리 계획한다. 빈 종이에 내일 할 일의 내용을 전부 적어서 순위를 정한다. 그렇지 않으면 아침이 되었을 때 중요한 일보다 당장 급한 일부터 허둥지둥 처리할 가능성이 높다.

6. 다음 날 아침을 그 전날 저녁에 미리 준비한다. 가방을 바꾸거나 옷을 다리는 일을 황금 같은 아침 시간에 하지 않는다. 잠을 잘 때는 잠재의식의 세계에 모든 것을 맡기고 편안히 숙면을 취한

다. 잠자리에 들면서 다음과 같이 마음에 명령을 내린다. "나의 잠재의식은 오늘 하루 이루지 못한 모든 문제의 해결 방안을 잠 잘 동안 마련할 것이며, 새로운 에너지를 축적하고 보다 창조적 인 사람이 될 수 있도록 도와줄 것이다."

인생은 시간과의 기나긴 투쟁이다. 그리고 시간을 사용하 는 자신과의 투쟁이기도 하다. 시간을 진정으로 소중히 아끼 고 사랑하는 사람만이 인생의 여유를 즐길 수 있으며 승리한 다는 사실을 잊지 말기 바란다.

긍정적인 사람과 어울려라

자기계발 분야에서 참 많이도 들어본 말이 바로 긍정적으 로 생각하고 움직이라는 것이다. 잘 안 되면 일단 그런 척이 라도 해보자. 회의에서 어떤 안건을 말할 때도 긍정적인 방 향으로 풀어나가는 것이 바람직하다. 가능성이 반반이라면 긍정적인 쪽으로 생각해야 더 좋은 아이디어가 나오고, 차례 차례 다음 해결 방안도 찾을 수 있다.

어떤 안건에 대해 부정적인 견해를 갖기 시작하면 그것을 개선할 아이디어는 점점 더 꼬리를 감춘다. 부정적으로 결론을 짓는 순간 머릿속은 더 이상 생각을 하지 않기 때문이다. 반면 긍정적인 시선으로 바라보면 두뇌가 그것을 해결하기 위한 생각을 가동하면서 문제점도 잘 보이게 되고 다른 해결책을 찾게 된다.

주변 사람들을 보면 매사에 긍정적인 사람도 있고 부정적인 사람도 있다. 긍정적으로 생각하는 사람들은 어떤 상황에서든 좋은 점을 발견한다. 그리고 이런 에너지를 사방으로 전파한다. 인간은 친한 사람들의 영향을 많이 받는 존재인 만큼 그들을 따라 같이 긍정적으로 사고하게 된다.

부정적인 사람들이 흔히 지적하는 객관성이니 냉철한 사고니 하는 말에 현혹되지 말라. 그들은 언제까지고 부정적일 것이다. 오늘 당장 복권이 당첨되어도 내일 나쁜 일이 생길까봐 걱정하는 사람들이다.

이제 어떤 사람들과 어울려야 할지 분명히 알게 되었을 것이다. 가급적 긍정적인 사람들과 어울리고 그들과 많은 대화를 나누며 좋은 에너지를 주고받아라. 부정적인 사람들과 어울리면 어울릴수록 부정의 기운만 얻을 뿐이다.

다시 말하지만 사고는 전염성이 강하다. 당신이 100의 사고 에너지를 가졌다 해도 부정적인 사람과 대화를 하다 보면 70으로 떨어지기 쉽다. 반대로 긍정적인 사람과 이야기하다 보면 오히려 120, 130으로 올라간다. 사고력을 향상시키고 싶다면 긍정적인 사람과 어울려야 하는 이유다. 어느 쪽을 선택할지는 본인의 몫이다.

시련이 향기 있는 삶을 꽃피운다

탁자 위에 있는 장미꽃 한 다발을 바라본다. 장미꽃은 언제 봐도 아름답다. 무심코 장미꽃에 코끝을 대본다. 문득 어릴 적 마당에 피었던 장미가 생각난다. 어머니께서 매일 손질하며 가꾸시던 그 장미꽃은 유난히 진한 향기가 났다. 요즘 흔히 보는 장미는 대부분 온실에서 재배된 꽃이다. 따뜻한 온실에서 자란 장미꽃은 야생의 향기가 느껴지지 않는다.

비, 바람, 태양 등 자연의 냄새가 빠졌기 때문일 것이다.

우리 인생도 마찬가지다. 시련 없이 그저 편하기만 한 삶은 온실에서 자란 장미꽃과 다를 바 없다. 때로는 고통스러운 시련과 아픔에 부딪히며 살아갈 때 장미꽃 본연의 깊은 향기와 같은 삶의 진정한 의미를 찾을 수 있을 것이다.

사소한 일상의 행복

어떤 미국인이 프랑스를 여행하다가 한 시골 장터에서 싸구려 목걸이를 샀다. 여행을 마친 그는 비행기에 올라 집으로 향했다. 그런데 공항 세관에서 그 싸구려 목걸이에 높은 세금을 매기는 것이었다. 그는 이해할 수가 없었다.

"이런 싸구려 목걸이에 웬 세금이 그리 많이 붙습니까?"

그러자 세관원이 대답했다.

"아닙니다. 이건 아주 고가의 고급 목걸이입니다."

어쩔 수 없이 고액의 세금을 물게 된 미국인은 보석 감정가를 찾아가 그 목걸이를 내밀었다. 확대경으로 그 목걸이를 살펴본 감정가는 그만 깜짝 놀라고 말았다.

"손님, 이건 보통 목걸이가 아닙니다. 여기를 한번 보세요."

감정가가 확대경 속을 보라며 그에게 소리쳤다. 거기에는 이런 글귀가 새겨져 있었다.

"사랑하는 조세핀에게 보나파르트 나폴레옹이."

말문이 막힌 그의 얼굴에 서서히 미소가 번졌다.

영광의 꽃은 하루아침에 피지 않는다

하루아침에 이루어지는 일은 이 세상에 없다. 화단의 꽃들도 한 톨의 씨앗으로 뿌려져 추운 겨울을 견딘 후에야 그토록 아름답게 피어날 수 있다. 노력 없이 얻을 수 있는 것은 아무것도 없다.

혹시 지금 하는 일이 뜻대로 되지 않는다며 절망에 빠져 있지는 않은가? 만약 하고 있는 공부나 일이 어려움에 처해 있다면, 너무 욕심을 부리진 않았는지 스스로 곰곰이 생각해 보라. 급한 마음에 욕심을 부렸다면 마음을 비운 후 한 계단

한 계단 올라가듯이 천천히 다시 시작해보라. 멀게만 느껴졌던 일들이 한결 수월하게, 가볍게 느껴질 것이다.

무슨 일이든 단숨에 큰 성과를 내려고 해서는 안 된다. 그러다 보면 성과는커녕 제풀에 지쳐 중도에 포기하고 마는 결과를 초래할 수도 있다. 토끼처럼 빨리 뛰어 지치기보다는 거북이처럼 느리지만 끝까지 완주하는 자세가 필요하다. 성공하는 사람들 대부분은 똑똑하기보다는 의지가 강하고 인내심이 많다는 사실을 잊지 말아야 한다.

절망은 없다

어떠한 문제도 침착하고 강한 힘이 극복하지 못할 정도로 크지는 않다. 또한 어떠한 목표도 지혜로운 생각의 힘이 도달하지 못할 정도로 멀리 있지는 않다. 우선 가장 먼저 자기 내면으로 깊이 파고들어가 숨어 있는 적들을 정복하려고 노력하라. 그 과정을 통해 당신은 내면에 있는 온화한 힘에 대해 정확히 이해하게 될 것이다. 아울러 그 힘과 외부 사건에 존재하는 밀접한 관계도 이해하게 될 것이다.

또한 당신 인생의 모든 상황을 변화시키는 놀랄 만한 그 힘의 위력도 깨닫게 될 것이다. 그와 동시에 당신 인생에 영향을 미칠 만한 힘을 가진 것은 오직 자신뿐이라는 사실도 명확히 인식하게 될 것이다.

당신이 하는 이 모든 생각은 에너지가 되어 밖으로 분출된다. 그리고 비슷한 생각을 가진 타인의 마음을 끌어당기거나 그에 의해 자극을 받아서 좋은 반응 혹은 나쁜 반응이 되어 돌아온다. 이처럼 마음과 마음 사이에는 생각의 힘이 끊임없이 교류하고 있다.

당신이 이기적이고 난폭한 생각을 한다면 그 파괴적인 힘이 타인의 마음을 자극하고 증식시키는 악의 전령이 되어 외부 세계를 돌아다니게 된다. 그리고 마침내 부메랑처럼 되돌아와 당신의 삶을 고통과 혼란으로 채운다.

반면에 남을 생각하는 온화한 마음은 풍요와 안식과 행복에 공헌하는 사명을 띤 천사와 같은 메신저가 되어 바깥세상을 떠돌아다닌다. 그리고 불안과 슬픔의 거친 바다를 기쁨으로 가라앉힌 뒤 상처받은 영혼을 위로하고 영원한 생명으로 인도한다.

그러니 부디 선량한 생각을 하라. 그 생각은 당신의 인생에서 곧 좋은 상황으로 모습을 드러낼 것이다. 생각의 힘을 긍정적으로 올바르게 조절하라. 그것이 당신의 인생을 마음먹은 방향으로 이끌 것이다.

참된 힘과 지속적인 평화는 자기통제를 통한 정화 없이는 결코 얻을 수 없다. 기분 내키는 대로 하는 행동은 힘과 평화를 잃게 만들며, 좋은 것을 가로막는 불행의 길이 된다. 그러니 이기심, 변덕, 애증, 분노, 의심, 시기, 질투, 미움, 거짓 등 모든 악을 정복하라. 그것이 '행복과 풍요의 황금 실'로 인생이라는 옷을 만들고 싶은 사람이 가장 먼저 할 일이다.

당신이 즉흥적인 기분의 노예가 된다면 인생이라는 여행에서 외부의 사건이나 남들의 생각에 이리저리 끌려다니게 될 것이다. 그러므로 성장과 목표 달성을 향해 힘찬 발걸음으로 안전하게 나아가고 싶다면 방해가 될 수 있는 감정을 다스리고 조절하는 기술을 배우지 않으면 안 된다.

마음을 정화하는 작업은 어수선한 생각을 평화롭게, 약한 생각을 강하게 바꾸기 위해 집중하는 일이다. 마음을 고요히 잔잔하게 만드는 기술을 익힌다면 당신 내면의 힘은 확실히 강해질 것이다.

마음을 비워야 진정한 행복이 온다

발명가 에디슨의 이야기다. 그는 소년 시절 기차 안에서 물건을 팔다가 잘못하여 관리인에게 귀를 맞고 쫓겨난 일이 있었다. 그때 귀를 심하게 다쳐 그의 청력은 말소리를 겨우 알아듣는 정도였다. 어느 날 작가인 나폴레온 힐이 구식 보청기에 의지한 에디슨에게 물었다.

"잘 듣지 못하는 것이 인생에 큰 장애가 되지는 않았습니까?"

에디슨은 대답했다.

"전혀 그렇지 않습니다. 오히려 잘 듣지 못하는 것이 큰 도움이 됩니다. 쓸데없는 수다를 듣지 않아도 되니까요. 게다가 덕분에 마음속의 소리도 들을 수 있게 되었답니다."

대부분의 사람들은 부자가 가난한 사람보다 더 행복하게 살 거라고 생각한다. 그러나 정작 그들의 삶을 들여다보면 그렇지 못한 경우가 많다는 것을 알 수 있다.

우리는 때때로 자기가 갖지 못한 것에 대해 열망을 품곤 한다. 그러나 사람의 욕심은 끝이 없다는 것을 알아야 한다. 진정한 행복은 오히려 '마음을 비울 때' 찾아오는 것이 아닐까? 지금 가진 것에 항상 감사하고 지나친 욕심을 부리지 않는 절제된 마음이 바로 행복을 부르는 것이다.

여유를 잃지 않는 마음

구소련 시대의 경찰은 히틀러의 학정을 피해 넘어온 유대인들을 붙잡아 다시 독일로 넘겨 짭짤한 수입을 얻었다고 한다. 이 때문에 소련 영주권이 없던 유대인들은 언제나 불안에 시달려야 했다.

어느 날 소련 영주권을 가진 유대인과 도망쳐온 유대인이 함께 길을 가다가 경찰의 눈에 띄고 말았다. 만약 잡히면 독일로 끌려가 죽을 수도 있는 상황이었다. 경찰이 다가오자 영주권을 가진 유대인이 갑자기 달리기 시작했다. 그러자 경찰도 있는 힘을 다해 그를 쫓았다.

한참을 달리다가 영주권을 가진 유대인이 멈춰 섰다. 경찰이 신분증 제시를 요구했고 유대인은 여유 있게 신분증을 내밀었다. 경찰은 어리둥절해 하며 왜 신분증이 있는데 도망쳤느냐고 물었다. 그러자 그는 태연하게 말했다.

"도망친 것이 아닙니다. 몸이 아파서 병원에 갔더니 의사가 약을 먹고 나면 힘껏 달리라고 해서 달렸을 뿐입니다."

경찰이 자기를 보고 도망친 것 아니냐고 재차 다그치자 그는 또 이렇게 대답했다.

"경찰관님도 나와 같은 의사의 처방을 받고 달리는 줄 알았죠."

재치 있는 친구 덕분에 영주권이 없었던 유대인은 목숨을 건질 수 있었다.

우리네 인생에는 보이지 않는 곳곳에 암초들이 숨어 있다. 아무 일 없이 잘 살다가도 뜻하지 않은 난관에 부딪혀 고통

받기도 한다. 그러나 신은 감당할 수 있는 만큼의 시련만 주신다고 하지 않았던가. 세상에 해결하지 못할 시련은 없다. 다만 긍정적으로 대처하느냐 아니면 회피하느냐의 문제이며, 이는 각자의 마음가짐에 달려 있다.

먼 훗날을 위해 달리다

미국이 낳은 유명한 육상선수 칼 루이스가 뛰어난 실력을 가진 데에는 그만한 이유가 있었다. 그가 살았던 도시는 교통 상황이 지독히도 나빠서 교통지옥이라 불릴 정도였다. 그래서 그는 언제나 오토바이를 타고 다녔다.

그런데 어느 날 도둑이 들어 오토바이를 훔쳐가고 말았다. 그 일이 있은 후 다시 자전거를 샀지만 그것마저 도둑맞았다. 화가 난 그는 다시는 오토바이나 자전거를 사지 않겠다고 다짐하며 12km나 되는 먼 길을 매일 뛰어다녔다. 출근 시간과 퇴근 시간을 합해 하루 24km를 매일 달렸던 것이다.

그는 훗날 올림픽에서 금메달을 딴 후 인터뷰에서 이렇게 말했다.

"어떤 도둑도 달리기만은 훔쳐갈 수 없었습니다."

매일 그렇게 달린 결과 그는 세계 제일의 달리기 선수가 될 수 있었다.

5장 ✦
✦
빈 배

운명은 노력하는 사람 편이다

어느 의과대학에서 교수가 학생들에게 질문을 했다.

"한 부부가 있는데 남편은 매독에 걸렸고, 아내는 심한 폐결핵에 걸렸다네. 이 집에는 아이들이 네 명 있었는데, 한 명은 며칠 전에 병으로 죽었고, 남은 아이들도 결핵으로 누워 있어 살아날 것 같지가 않네. 이 부인은 현재 임신 중인데, 어떻게 하면 좋겠는가?"

그러자 한 학생이 큰 소리로 질문에 대답했다.

"태어나도 살 가망이 없으니 낙태 수술을 해야 합니다."

가만히 듣고 있던 교수가 이렇게 말했다.

"자네는 방금 베토벤을 죽였네."

이처럼 절망적인 상황에서 다섯째로 태어난 아이가 바로

베토벤이었다.

최선을 다하면 반드시 기회는 온다

인생의 모든 위대한 기본 법칙들이 아주 평범한 일상 경험에서 생겨나듯 인생의 수많은 기회 역시 우리의 생활 속 여기저기에 골고루 숨어 있다. 이 글을 읽다가 "도대체 기회가 어디에 있느냐"고 항의하는 사람들도 있을 것이다. 그러나 기회는 분명히 있다. 기회가 없었다는 말은 게으른 사람들의 변명일 뿐이다.

기회는 사람들과의 만남 속에 있을 수도 있고, 최선을 다하는 직장 생활 가운데에, 혹은 어려움에 처한 사람들을 도와주는 고결한 행동 속에 있을 수도 있다. 우리는 끝까지 최선을 다한 사람들이 꿈을 이루어낸 성공담을 종종 듣는다. 그렇다. 그들은 성실한 모습 속에서 숨어 있는 기회를 찾았던 것이다. 생활 속 기회는 셀 수 없이 많다. 하지만 성실한 사람들의 눈에만 보일 뿐이다.

만일 내가 당신이라면

어떤 사람이 키우던 말을 잃어버렸다. 그는 말을 찾아주는 사람에게 5달러를 주겠노라고 공고를 냈다. 며칠 후 지적 장애가 있어 보이는 한 소년이 말을 끌고 와서는 사례를 요구했다. 말의 주인은 대체 이 소년이 어떻게 말을 찾아냈는지 궁금해졌다.

"말이 있는 곳을 어떻게 찾았니?"

그러자 소년은 이렇게 대답했다.

"제가 만약 말이라면 어디로 갔을까 생각해보고 그곳에 갔더니 정말 말이 있었습니다."

다른 사람이 어떻게 행동할지 알고 싶다면 당신은 그 사람과 똑같은 입장이 되어 생각해볼 필요가 있다. "만약 내가 저런 상황에 처한다면 아마 난 저 사람보다 더 나빠질 수도 있어"라고 인정한다면 세상이 훨씬 달라 보일 것이다.

예전에 어머니가 옆집 아이들에게 좋은 일이 생기면 덩달아 좋아하셨던 기억이 난다. 자기 자식도 아닌데 뭐가 그리

좋으시냐고 의아해하면 어머니는 이렇게 말씀하셨다.

"입장을 바꿔 생각해봐라. 내 자식이 잘되면 얼마나 기쁜데…."

어머니의 말씀은 역시 명언이었다.

빈 배

누군가 배를 타고 강을 건너는데 빈 배가 와서 부딪쳤다고 가정해보자. 아무리 성격이 나쁜 사람일지라도 화를 내지는 않을 것이다. 왜냐하면 빈 배니까.

그러나 그 배에 사람이 있다면 어떻게 될까? 그 사람에게 피하라고 경고할 것이다. 그래도 듣지 못하면 더 크게 소리칠 것이다. 그래도 못 듣고 다가오면 마침내는 욕을 퍼붓기 시작할 것이다. 이 모든 일은 배 안에 누군가가 타고 있기 때문에 일어나는 상황이다. 하지만 그 배가 아무도 없이 비어 있다면 누구도 소리치지 않을 것이고 화내지도 않을 것이다.

이처럼 세상이라는 강을 건너고 있는 당신의 마음을 빈 배처럼 비울 필요가 있다. 그러면 아무도 당신과 맞서지 않을 것이다. 아무도 당신을 상처 입히려 하지 않을 것이다. 참된 자아와 진정한 행복을 얻고 싶다면 손에 든 것도 내려놓고, 빈 배처럼 마음을 비우고 살아야 한다.

오늘에 충실하면 놀라운 내일이 찾아온다

값비싼 운동화를 열 켤레나 갖고 있다고 자랑하는 아이가 있었다. 그러나 한 달이 지나자 아이는 발이 너무 커져서 신발을 하나도 신을 수 없게 되었다.

지금 아무것도 가진 것이 없다고 해서 실망할 필요가 전혀 없다. 내일의 당신은 지금보다 더욱 성장해 있을 것이기 때문이다. 따라서 당신이 지금 원하는 것은 내일의 성장한 당신에게 아이의 작은 신발처럼 맞지 않게 된다.

나날이 성장하는 사람에게는 오늘의 몫만 있으면 충분하다. 지금 당장 많은 것을 갖고 싶다고 생각하는 사람은 욕심이 많은 것이 아니라 오히려 욕심이 없는 것이다. 이제 더 이상 성장하지 않아도 된다고 생각하는 것과 마찬가지이기 때문이다.

당신은 욕심이 많은 사람인가, 욕심이 없는 사람인가?

노래하는 사람의 마이크를 뺏지 마라

어떻게 하면 사랑받는 사람이 될 수 있을까? 가장 쉬운 방법을 공개하겠다. 그것은 상대방의 말을 끝까지 들어주는 것이다.

"말도 안 돼! 그렇게 간단할 리가 없잖아!"

혹시 이런 의심을 품는 사람이 있을지도 모른다. 그러나 이 세상에서 상대방의 말을 끝까지 들어주는 것처럼 어려운 일은 없다.

오늘 하루만이라도 다른 사람과 나눈 대화를 녹음해서 확인해보라. 분명히 처음에는 그 사람의 이야기를 잘 듣고 있다. 그러나 조용히 듣는 것은 처음뿐이다. 당신은 10초도 지나지 않아서 참지 못하고 말을 시작한다. 게다가 상대

내가 하는 일로 누가 행복해질까

이 세상에 존재하는 모든 것은 저마다 의미를 지니고 있다. 강가에 아무렇게나 흩어져 있는 돌멩이나 들에 피어 있는 야생화도 우리가 알지 못하는 숭고한 의미를 갖고 있다. 꽃나무가 줄기를 말아 올려 잎을 틔우고 꽃을 피우듯 모든 것이 자연의 섭리에 따라 움직이며 자기 할 바를 다하고 있는 것이다.

인간인 우리가 하는 일에는 그 이상의 의미가 담겨 있다. 지금 하는 일이 하찮아 보인다면 진지하게 검토해보라. 내가 하는 일이 다른 사람들에게 어떤 도움을 주는지, 내가 하는 일이 어떤 사람을 행복하게 하는지.

예를 들어보겠다. 보청기를 만드는 회사에 다니는 사람이 있었다. 좋은 직장에 다니는 친구들을 보면서 자신이 하찮게 여겨지고 쓸모없는 사람이 아닐까 하는 생각까지 들었다. 그에게 가족이라곤 홀어머니밖에 없었다. 그런데 어느 날부터인지 어머니의 청력에 문제가 생겼다. 급기야 어머니는 보청기에 의지하게 되었고, 그는 정성껏 보청기를 만들었다. 그리고 자기가 하는 일이 소리를 들을 수 없는 사람들에게 얼마나 큰 행복을 주는지 자신 있게 말할 수 있게 되었다.

평소에 하찮게 생각하던 일이 절대로 없어서는 안 되는 사회의 소중한 한 부분임을 결코 잊지 말아야 할 것이다.

불행은 조급한 사람에게 더 큰 아픔을 준다

누구도 원하지 않지만 살다 보면 불행이 찾아올 때가 있다. 불행을 딛고 다시 일어서려면 잘 대처하는 지혜가 필요하다. 이때 가장 중요한 것이 결코 조급해하지 않는 것이다. 매사를 천천히 바라보고 행동하는 것, 그것이야말로 최고의 좌우명이며 현인의 덕목이다. 예측할 수 없는 상황에서 닥쳐온 불행까지도 마음의 평정을 잃지 않고 관대하게 바라볼 수 있어야 한다. 불행은 조급한 사람에게는 더 큰 아픔으로 다가오지만 그것에 관대한 사람에게는 체념의 미덕을 가르쳐준다.

외적이 쳐들어와 나라를 빼앗길 위기에 처했을 때 현명한 왕들은 체념의 미덕을 발휘했다. 그러나 우매한 왕들은 다급하게 현실을 도피하려다 죽음을 면치 못했으며, 다시 나라를 일으킬 기회도 얻지 못했다. 잊지 말아야 할 것은 한 번 나라를 빼앗겼다고 해서 영원히 나라를 되찾지 못할 이유는 없다는 것이다.

어떤 지위에 있든지 불행한 상황에 처해 조급하게 행동하는 사람은 기본적인 이성조차 제대로 발휘하지 못하는 어리석음을 범하게 된다. 긴박하고 어려운 상황일수록 더욱 침착하게 대처해나가야 그 상황을 멋지게 극복할 수 있다.

쓰라린 인내

탈무드를 보면 아브라함이 어느 노인의 천막을 찾아갔을 때의 이야기가 나온다. 그 노인은 우상을 숭배하고 있었는데, 아브라함은 하룻밤 내내 개종하기를 권했으나 뜻을 이루지 못했다. 아브라함은 지쳐서 단념하고 집으로 돌아가버렸다. 다음 날 밤, 아브라함은 노인이 있는 곳으로 가지 않았다. 하나님께서 그날 밤 아브라함에게 나타나셨다.

"나는 그 노인이 날 믿어주도록 70년이나 기다렸는데, 너는 겨우 하룻밤을 지내고서 포기하다니 도대체 어찌 된 일이냐?"

우리는 과연 아주 특별한 아침을 맞이하기 위해 얼마만큼 인내할 수 있을까?

상실은 새로운 기회

1642년 영국 동부 지역의 울즈소프에서 유복자로 태어난 아이가 있었다. 아이가 겨우 말을 배우려고 할 때 어머니는 다른 남자와 재혼했다. 아이는 자라면서 사과나무 아래에 혼자 앉아 있을 때가 많았다.

그 후 아이는 천신만고 끝에 열망하던 대학에 들어가 학업을 마쳤다. 그의 꿈은 박사가 되는 것이었다. 그러나 그가 박사 학위 과정에 들어가려고 할 때 흑사병이 창궐해 지역의 모든 대학이 문을 닫았다.

"겨우겨우 여기까지 왔는데 이게 뭐람."

그는 낙담한 채 고향에 내려와 사과나무 아래에 앉았다. 꿈을 잃어버린 절망의 자리였다. 그때 사과 1개가 '툭' 떨어졌다. 마치 자기 처지와 같아 보였다.

'왜 사과는 옆으로 안 떨어지고 위에서 아래로 떨어지는 걸까?'

이 의문이 인류 과학사의 흐름을 바꾸었다. 바로 '만유인력의 법칙'을 탄생시킨 의문이었던 것이다. 그의 이름은 아이작 뉴턴. 세기의 법칙은 낙담의 현장에서 탄생했다.

꿈을 잃었다고 해서 절망하지 말라. 상실은 다름 아닌 새로운 기회다.

미래를 준비하는 지혜

보람 있는 내일은 오늘의 준비를 통해 이루어진다. 그러므로 미래를 준비하는 자세보다 슬기로운 행동은 없다. 돈키호테의 저자 세르반테스는 "준비되었다는 것은 절반의 승리를 거둔 것이다"라고 말했다. 준비하는 시간은 일을 추진하는 시간보다 더 중요하다. 준비를 얼마나 열심히 했느냐에 따라 일의 성과가 달라지기 때문이다.

시인 오비디우스는 "돌아오는 시간을 기다리지 말라. 오늘 준비되지 못한 자는 내일이면 더욱 그러할 것이다"라고 말했다. 준비해야 할 시기를 놓치지 말고 확실하게 활용해야 한다. 땅 위에서 충분히 쉬고 있던 새가 한번 날아오르면 거침 없이 창공에 솟구치듯이, 충분히 준비해서 힘을 기른 사람만이 일을 시작하면 눈부신 활약을 펼칠 수 있다.

준비는 정확하고 충실해야 한다. 보다 발전적인 미래를 위해서는 오늘 충분한 준비가 필요하다. 내일을 위해 준비하는 사람만이 더 높이, 더 멀리 뛸 수 있는 자격과 자질을 갖추게 된다. 게으른 사람과 생각이 깊지 못한 사람은 제대로 준비할 수가 없다.

준비하는 사람은 매사에 진실하며 어떤 일이든지 자신감으로 가득 차 있다. 준비를 철저히 하는 사람만이 하늘의 도움을 받을 수 있으며, 이는 성장과 행복을 예약해놓은 것이나 다름없다.

말을 먹고 자라는 꿈나무

한적한 시골, 어느 성당의 주일 미사에서 신부를 돕고 있던 소년이 실수로 제단의 성찬용 포도주 그릇을 떨어뜨렸다. 신부는 그 자리에서 소년의 뺨을 때리며 소리를 질렀다.

"냉큼 물러가서 다시는 제단 앞에 나오지 말거라!"

이 소년은 훗날 커서 공산주의의 지도자가 되었는데, 그가 바로 유고슬라비아의 티토 대통령이다.

한편 다른 큰 도시의 성당에서 미사를 돕던 한 소년 역시 성찬용 포도주 그릇을 떨어뜨렸다. 신부는 곧 이해와 동정 어린 사랑의 눈으로 소년을 바라보며 조용히 속삭였다.

"괜찮다. 넌 앞으로 훌륭한 신부가 되겠구나."

이 소년은 자라서 유명한 대주교 훌톤 쉰이 되었다. 꾸중을 들은 소년은 말 그대로 제단 앞에서 물러나 하나님을 비웃는 공산주의 지도자가 되었고, 실수를 했지만 사랑으로 용서받은 소년은 신부님 말대로 귀한 하나님의 일꾼이 되었다.

오늘 나의 입에서 흘러나온 말들은 어떤 것들인가?

꿈은 현실을 이기게 한다

꿈은 곧 미래에 대한 희망을 뜻한다. 어떤 사람이 사업을 하다가 그만 파산을 하고 말았다. 사업에 실패한 그 사람은 이제 인생이 끝났다고 생각해 목숨을 끊기로 결심하고 마지막으로 친구의 집에 들렀다.

그 친구가 "왜 죽으려 하는가?"라고 물으니, 파산한 사람은 "나는 이제 아무것도 남은 것이 없어. 그래서 살아갈 희망을 잃었네"라고 대답했다. 그때 친구가 백지 한 장을 내놓으며 지금 곁에 남아 있는 것을 써보라고 했다.

파산한 사람은 곰곰이 생각해보더니 종이에 열 가지 이상을 적어 넣었다. 이를 본 친구가 "여보게, 자네에게는 아직도 이렇게 많은 것이 있지 않은가. 친구인 나도 자네 곁에 있지 않은가. 그러니 인생을 새롭게 시작해보게"라고 조언했다.

파산한 사람은 친구의 격려에 힘입어 마음을 고쳐먹고 새롭게 사업을 시작해 성공적인 인생을 살았다고 한다.

사람에게는 언제나 꿈이 있어야 한다. 우리의 마음과 생각 속에 그려지는 하늘의 영원한 꿈이 살아 있어야 한다. 영원한 꿈이 있으면 현재의 시련과 고통은 큰 문제가 되지 않는다.

인간이 보다 나은 삶을 창조할 수 있는지의 여부는 현재의 고통을 견디는 데 있는 것이 아니라 그 뒤에 있는 미래에 대한 꿈을 품는 것에 달려 있다. 그것이야말로 현재의 고난과 역경 속에서도 내일을 위해 꿈을 키우는 지혜로운 태도이며 훌륭한 포부다. 꿈 때문에 인생의 계단이 있고 정신의 활력과 육신의 생명이 있음을 잊어서는 안 될 것이다.

6장 ✦

✦

일은
인생을 맛있게 만드는
소금이다

일은 인생을 맛있게 만드는 소금이다

어느 무명작가의 글에 이런 구절이 있다.

"일은 인생을 맛있게 만드는 소금이다. 그러므로 일의 축복과 결과를 기대하기 전에 일을 사랑해야 한다. 일을 사랑한다면 그 일이 우리의 인생을 즐겁고 가치 있게 만들 것이며 풍성한 열매를 맺게 할 것이다."

예술가처럼 계획하라

일을 계획할 때는 설계도를 구상하는 건축가, 밑그림을 그리는 화가, 곡을 쓰는 음악가 등 영감을 떠올리기 위해 푸른 하늘을 바라보며 한가롭게 초원을 거니는 예술가처럼 해야 한다. 계획을 할 때는 느리고 여유로우며 창의적으로 해야 한다는 뜻이다.

그러나 완벽한 계획이 세워졌다면 이제는 뒤돌아보지 말고 앞으로 나아가야 한다. 그때부터 전투가 시작되는 것이다. 전투의 본질이 상대를 이기는 것이라고 생각하는가? 결코 그렇지 않다. 전투의 본질은 시작한 일의 끝을 보는 것이다. 상대가 승리하든 내가 승리하든 그 결과의 끝은 분명히 있는 법이다. 내가 승리하고 일이 패배하거나, 일이 승리하고 내가 지거나 둘 중 하나다. 시작한 일을 승리로 끝내고 싶다면 열심히 달려야 할 것이다.

목표는 현실적으로 도전 가능해야 한다

성공의 선행 조건 중 하나는 목표를 분명하게 세우는 일이다. 그리고 두 번째 필수 요건은 목표 달성을 위한 구체적인 계획을 수립하는 것이다. 목표는 단지 생각만 하고 있다고 해서 달성되는 것이 아니다. 실천에 옮길 수 있는 명확한 계획이 있어야만 목표에 도달할 수 있다.

목표는 희망이다. 희망은 슬픔을 치료해주며 상심한 자들을 위로해주는 사랑의 또 다른 이름이다. 젊은이에게 사랑이 없고 노인에게 판단력이 없다면 분명 그 인생은 무언가 채워지지 않은 결핍의 삶일 것이다.

희망을 사랑하라. 희망이 있는 한 모든 걸 잃어버린 것은 아니다. 희망의 목표를 세워라. 인생이나 사업에서 성공하려면 그 목표는 현실적이어야 하고, 항상 측정할 수 있어야 하며, 무엇보다 반드시 도전 가능한 것이어야 한다.

마음을 다스리는 글

복은 검소함에서 생기고
덕은 겸양에서 생기며
지혜는 생각하는 데서 생기느니라

근심은 애욕에서 생기고
재앙은 물욕에서 생기며
허물은 경망에서 생기고
죄는 참지 못하는 데서 생기느니라

눈을 조심하여 남의 그릇됨을 보지 말고
맑고 아름다움을 볼 것이며
입을 조심하여 실없는 말을 하지 말고
착한 말, 바른말, 부드럽고 고운 말을 언제나 할 것이며
몸을 조심하여 나쁜 친구를 사귀지 말고
어질고 착한 이를 가까이하라

어른을 공경하고 덕 있는 이를 받들며
지혜로운 이를 따르고
모르는 이를 너그럽게 용서하라

오는 것을 거절 말고, 가는 것을 잡지 말며
내 몸 대우 없음에 바라지 말고

일이 지나갔음에 원망하지 말라

남을 해하면 마침내 그것이 자기에게 돌아오고
세력을 의지하면 도리어 재화가 따르느니라

마음의 꽃을 피워라

인간은 진정한 삶을 추구하려고 노력하며 그 가치를 인식
하면서 사는 존재다. 인간을 다른 동물과 비교하기에는 어려
운 부분들이 있다. 인간은 생각하는 지혜와 영혼이 있기 때
문에 만물의 영장이라고 불리는 것이다. 따라서 늘 깨어 있
으면서 고귀한 생각을 하며 살아가는 사람에게는 발랄하고
신선하게 그 영혼이 살아 움직이는 것을 느낄 수 있다.

생각은 곧 생산이요, 유산이다. 자기보다 처지가 못한 사
람을 위해 기도하고, 현재 자신의 생활에 만족하는 감사의
기도를 올리는 마음은 참으로 거룩하고 아름답다. 그래서 영
혼이 살아 있는 사람은 육신도 살아 있으며, 육신이 건강한

사람은 마음의 꽃을 세상에 활짝 피울 수 있는 것이다. 그 마음의 꽃이야말로 세상을 아름답게 만들 수 있으며, 자기 자신의 영혼을 소생시키고 병든 이 땅의 아픔들을 감싸줄 수 있다.

열정은 천재의 재능보다 낫다

성공의 기본을 뜻하는 성공 공식 ABC에 대해 들어본 적이 있을 것이다.

먼저 A는 Attitude, 즉 자세다. "Attitude is everything!"이란 말이 있다. 모든 것은 자세에 달려 있다는 뜻으로, 사물을 보는 시선이 성공을 좌우한다는 이야기다.

다음은 Belief, 즉 믿음이다. 내가 하고 있는 일에 대한 확고한 믿음 없이는 아무것도 이루어지지 않는다.

마지막은 Commitment, 즉 실천이다. 성공을 낚으려면 결단을 내리고 행동으로 실천해야 한다. 당신이 야구선수라고 치자. 지금 1루에 있다고 가정해보자. 1루에서 발을 떼지 않고는 절대 2루에 진출할 수 없다.

ABC 공식을 더욱 튼튼하게 다져보자.

첫째, 성공은 생각이다.

인간관계와 자기계발 분야의 대가 데일 카네기가 라디오 방송에 출연했을 때의 일이다. 진행자가 카네기에게 "당신이 지금까지 배운 최고의 교훈을 세 마디 문장으로 표현해주시겠습니까?"라고 질문했다. 이 질문에 카네기는 이렇게 자신 있게 답했다.

"이제까지 제가 배운 최고의 교훈은 우리가 무엇을 생각하고 있는지를 아는 것의 중요성입니다. 만약 당신이 무엇을 생각하는지 알고 있다면 당신이 어떤 인물인지 알 수 있습니다. 왜냐하면 당신이 생각하는 것이 당신을 만들기 때문입니다. 그러므로 생각을 바꿈으로써 인생을 바꿀 수 있는 겁니다."

다시 말해 행복을 생각하면 행복해지고, 비참한 생각을 하면 비참해지고, 무서운 생각을 하면 무서워지고, 병에 대한 생각을 하면 정말 아프고, 실패를 생각하면 정말 실패한다는 이야기다. 불황으로 한참 힘들었던 시기에 마쓰시타전기의 설립자 마쓰시타 고노스케는 이렇게 말했다.

"바람이 강하게 불 때야말로 연을 날리기에 가장 좋다."

경기가 나쁠 때야말로 개발과 혁신을 통해 도약의 발판을 마련해야 한다는 뜻이다. 그리고 개발과 혁신에 대해서는 다음과 같이 말했다.

"현재의 상황에 만족하지 말라. 현재 상황을 제로로 놓고 생각하라."

당신의 생각은 무엇인가? 지금 정상을 생각하고 있는가? 자문해보아야 할 것이다.

둘째, 불가능이란 없다.

데일 카네기와 쌍벽을 이루는 성공 철학의 대부 나폴레온 힐의 생일에 있었던 일이다. 그의 성공학 세미나를 들었던 제자들이 멋지고 두툼한 사전을 그에게 선물했다. 단상에서 사전을 받은 힐은 펜을 꺼내고는 이런 말을 했다.

"여러분, 이 멋진 선물을 받게 되어 참으로 기쁘게 생각합니다. 하지만 나는 이 사전을 받을 수 없습니다. 왜냐하면 이 사전 속에는 내가 가장 싫어하는 말이 실려 있기 때문입니다."

그리고는 사전에서 '불가능'이란 말을 찾아 펜으로 지워버렸다.

"자, 이제 이 사전을 받을 수 있게 되었습니다. 나는 지금까지 불가능이라고 불리던 것들이 실은 불가능하지 않았던 예들을 수없이 보아왔습니다. 이 세상에 불가능은 존재하지 않는다고 나는 확신하고 있습니다."

셋째, 열정은 천재의 재능보다 낫다.

세계 최고의 기업 GE에는 독특한 CEO 선발 방식이 있다. CEO였던 레그 존스는 GE 회장을 선출하기 위해 '기내 인터뷰'라는 방식으로 후보자들과 면담을 했다. 그것은 말 그대로 비행기 내에서 하는 인터뷰가 아니라 만일 후보자 자신과 존스가 비행기 사고로 죽게 되었을 때 CEO 후보로 누구를 추천하겠는가를 세 명의 후보자에게 물었던 것에서 유래한 것이다. 말하자면 비행기 사고라는 상황을 설정해 답변을 요구하는 방식으로 후보자들의 지성, 리더십, 도덕성, 대외적인 이미지 등을 테스트하는 것이다.

존스 회장이 마지막 후보자인 잭 웰치를 불러 물었다.

"우리가 비행기를 함께 타고 있었는데, 그 비행기가 추락했네. 나는 죽었고 자네는 살았네. 누가 GE의 회장이 되어야 하겠나?"

이 질문에 그는 주저 없이 대답했다.

"바로 저입니다."

이렇게 해서 잭 웰치는 GE 역사상 최연소의 나이로 GE 전체를 통솔하는 위치에 올랐고, 20여 년간 기나긴 경영자의 길을 걷게 되었다.

열정은 천재의 재능보다 낫다는 말이 있듯이 열정은 최고의 경쟁력이다. 올가을 당신이 다시금 추슬러야 할 것은 당신의 열정이다.

한 기자가 잭 웰치 회장에게 다음과 같이 물었다.

"인재를 파악하는 기준이 무엇입니까?"

이 질문에 그는 '열정'이라고 답했다. 일에 대해 파고드는 열정이 그 사람을 전진하게 만든다면서 이렇게 덧붙였다.

"모든 승자가 갖고 있는 특성을 꼽는다면 그것은 바로 열정입니다. 열정이야말로 승리한 사람과 다른 사람의 차이를 잘 보여줍니다. 너무 사소해서 땀 흘릴 가치가 없는 일이란 존재하지 않으며, 실현되길 바라기에는 너무 큰 꿈 또한 존재하지 않습니다. 열정은 겉모습과는 상관이 없습니다. 열정은 내면 깊은 곳에서 비롯되는 것입니다."

당신이 지금 해야 할 일은 성공 공식 ABC를 하나씩 밟아 나가면서 잃어버린 열정을 되찾는 것이다. 열정은 천재의 재능보다 낫고, 더 나아가 당신이 보여줄 수 있는 최고의 경쟁력이기 때문이다.

다이아몬드 같은 재능

고대 그리스 철학자 소크라테스의 아버지는 조각가였다. 소크라테스가 어렸을 때 아버지가 큰 바위를 가리키며 물었다.

"애야, 저것이 무엇으로 보이느냐?"

"바위요."

어린 아들의 대답에 아버지는 고개를 끄덕였다. 얼마 후 아버지는 바위를 아름다운 여인상으로 조각한 후 아들에게 다시 물었다.

"얘야, 이것이 무엇으로 보이느냐?"

"아름다운 여인이요."

아들의 대답에 아버지는 빙그레 웃으며 말했다.

"그래, 바위 속에 아름다운 여인이 숨어 있었구나."

처음에는 그저 평범한 돌에 지나지 않았던 바위를 깎고 다듬자 아름다운 여인상이 되었던 것이다.

사람도 마찬가지다. 아무리 무능력해 보이는 사람도 장점이 있기 마련이다. 갈고닦지 않았을 뿐 누구나 경쟁력으로 삼을 만한 재능이 있다. 다만 재능이 있다는 것에 만족하고 끝내서는 안 되며, 그 재능이 다이아몬드라는 확신을 갖고 끝없이 연마하는 것이 중요하다. 당신은 다이아몬드와 같은 재능을 갖고 있다.

행복 비타민A의 전도사 당근

현대 의학으로는 치료가 어려운 질환을 개선하기 위해 생주스 요법이 세계적으로 널리 활용되고 있다. 이 모든 것의 기본이 되는 것이 바로 당근 주스다. 당근 주스는 신체의 모든 기관을 정상화하는 작용을 통해 우리 몸의 여러 가지 문제들을 해결해준다. 또 어떤 야채와도 궁합이 잘 맞아서 야채 주스를 만드는 데 자주 이용된다. 당근의 달콤한 맛은 다른 야채의 강한 향을 중화해 주스를 더욱 마시기 좋게 해준다.

당근은 그 자체만으로도 건강에 좋은 주스가 된다. 몸 어딘가에 이상이 있을 때 하루에 6~8잔 정도의 당근 주스를 마시면 치료 효과를 볼 수 있다고 한다.

당근이 가진 여러 가지 영양학적 가치 중에서도 특히 주목할 만한 것이 바로 카로틴 함량이다. 당근에 들어 있는 카로틴은 치료가 어려운 악성 암, 그중에서도 특히 폐암과 췌장암 개선에 큰 효과가 있다.

당근에는 카로틴 이외에도 비타민 B, C, E, K가 들어 있는데, 이 성분들은 소화와 영양소 흡수를 돕고 치아와 뼈를 건

강하게 한다. 또한 당근은 점막의 저항력을 강화해 눈의 피로나 천식, 위궤양 예방에도 효과가 있다. 보온 작용을 통해 혈액순환을 도와서 냉 체질을 개선하고, 부신피질 호르몬의 분비를 왕성하게 하여 스트레스를 감소시키기도 한다. 자율신경실조증과 거칠어진 피부에도 효과적이고, 탈모를 예방하며, 100g씩 섭취한 결과 혈중 콜레스테롤 수치가 평균 11%나 낮아졌다는 보고도 있다.

당근 주스는 원기 회복을 돕는 효과도 있어서 피로가 쌓였을 때 마시면 더욱 좋다. 그러나 혈당치가 높고 당뇨가 있는 사람은 당근 주스에 시금치나 방울토마토, 양배추, 완두 등을 섞어 마시는 것이 좋다.

당근 잎에는 뿌리의 약 두 배에 달하는 카로틴과 칼슘, 비타민 B1이 풍부하게 들어 있다. 뿐만 아니라 동양인에게 결핍되기 쉬운 리신, 스테오닌 등의 아미노산도 함유되어 있다. 그러나 주스로 만들 때는 한 번에 1개 분량이 넘는 당근 잎은 사용하지 않는 것이 좋다. 당근 잎에는 피부를 과민하게 하고 발진을 악화하는 물질이 들어 있기 때문이다. 나는 베타카로틴과 보충제를 섭취하는 동시에 일주일에 4kg 정도의 당근을 여러 가지 주스와 섞어 마시고 있다.

1. 당근 고르기

표면이 매끄럽고 색이 선명한 것이 신선하다. 큰 것은 속이 비어 있을 수 있으므로 크기가 작고 잎을 잘라낸 줄기 부분의 절단면이 작은 것을 고른다.

2. 환상의 궁합

당근만으로 주스를 만들어도 맛있지만 사과와 혼합하면 맛이 더욱 좋아지고, 사과의 영양가도 높아진다. 당근과 사과를 섞은 주스는 생주스 만들기에서 가장 기본이다. 또 당근과 토마토를 섞어 만들면 영양가가 높고 맛이 좋기 때문에 남녀노소를 막론하고 누구나 큰 거부감 없이 마실 수 있다. 너무 달다고 느껴질 때는 적당히 레몬을 더하면 깔끔한 맛이 난다.

생강을 더하면 톡 쏘는 맛이 날 뿐만 아니라 냉 체질 개선에도 효과적이다. 브로콜리나 청경채 등 유채과의 녹황색 야채를 더하면 암 예방에도 좋은 주스가 된다.

3. 주스 만들기

먼저 당근은 껍질을 벗기지 말고 수세미로 잘 닦는다. 유기농으로 재배한 것이라도 표면에 흙이 붙어 있을 수 있으므로 단단한 수세미로 잘 닦아야 한다. 그런 다음 양끝을 1cm 정도 잘라내고, 넣기 쉽게 막대 모양으로 잘라서 믹서에 넣는다. 사과는 껍질과 함께 넣되, 유해 성분이 있는 씨는 반드시 제거해야 한다.

4. 기본 주스 비율

- 당근(중) 2개 : 사과(대) 1개
- 당근(중) 1개 : 토마토 2개
- 당근(중) 2개 : 바나나 1개

거북이가 이긴 이유

모든 것이 무섭도록 빠르게 흘러가는 요즘 같은 세상을 살아가려면 오히려 거북이형 리더십을 배워야 한다. 《토끼와 거북이》의 달리기 경주 우화는 다들 알 것이다. 발 빠른 토끼가 느릿느릿한 거북이를 이겨야 하는 게 당연하다. 그러나 거북이가 토끼를 이겼지 않은가. 느림보 거북이가 발 빠른 토끼를 이긴 진짜 이유는 무엇일까? 처음부터 바라보는 시선이 달랐기 때문이다.

거북이는 출발할 때부터 산등성이의 깃발을 바라보았다. 오직 깃발을 바라보면서 달려가기 시작했다. 그러나 토끼는 거북이를 바라보았다. 거북이를 보며 달렸던 토끼는 가다가 코를 골며 태평하게 잠을 자고 말았다. 목표를 보는 시선과 상대를 보는 시선이 승리와 패배를 갈랐다. 거북이는 목표를 보았고 토끼는 상대를 보았던 것이다.

인생도 마찬가지다. 상대를 보며 달리는 리더는 망한다. 목표를 보고 달리는 리더는 승리한다. 상대를 견제하다 보면 경쟁심이 불타오르게 된다. 경쟁심이 지나치면 모략과 비방이 나오고 치사한 사람이 된다. 기록을 깨기 위해 끊임없이 도전하는 선수는 살아남는다. 그러나 일등만을 위해 뛰는 선수에게 신기록은 기대할 수 없는 법이다. 상대를 보면서 달리면 실패하고 목표를 보고 그것을 향해 달리면 성공한다.

없게 된다.

사람이 가장 친밀해지는 경우는 모든 생각이 전혀 다른 가운데 딱 한 가지 생각이 서로 통할 때다. 가치관의 차이를 즐기게 된다면 이 세상 모든 사람이 친구가 될 수 있지 않을까?

나의 인생이라는 연극

한 사람이 극장에 들어갔다. 그곳에서는 '?'라는 연극이 상연된다고 했다. 연극의 내용에 대해 궁금해진 그는 안내원에게 물었다.

"주연은 누구입니까?"

"당신입니다."

"네? 저를 말씀하시는 겁니까?"

"그렇습니다."

"아니, 그렇다면 왜 진작 얘기해주지 않았습니까? 알았다면 연습이라도 하고 왔을 텐데요."

"이 연극에는 연습이 없습니다. 단 한 번뿐이죠."

"앙코르 공연도 없단 말인가요?"

"네, 그렇습니다."

안내원은 그에게 주의도 주었다.

"그런데 이 연극은 성실하게 임하지 않으면 중간에 퇴장 명령을 받을 수도 있습니다."

"아니, 그럼 중간에 끝날 수도 있다는 말입니까?"

"그렇습니다. 최선을 다하지 않으면 그것은 의미 없는 일에 불과하니까요. 한번 무대에 올라가보세요."

그는 안내원의 조언에 따라 무대에 올라갔다. 그러자 무대 위의 불빛이 켜졌다. 그 사람이 한 첫 번째 연기는 숨을 크게 들이마시고 울음을 터뜨리는 일이었다. 이것은 연습이 없는 단 한 번으로 끝나는 공연이었다.

이 연극의 제목은 '나의 인생'이고 주인공은 다름 아닌 바로 '당신'이다.

7장

나뭇잎이 떨어져야
나무가 자란다

나뭇잎이 떨어져야 나무가 자란다

실패가 계속되면 대부분이 자기 자신을 잃게 된다. 그러나 자신을 잃어버리면 성공은 결코 찾아오지 않는다. 실패 없이 성급하게 좋은 결과만을 맺으려고 서두르지 마라. 만족스러운 과정이 되도록 노력하고 정진하는 동안에 생기는 실패들은 나뭇잎으로 떨어져 그 나무가 더욱 커지고 튼튼해지는 자양분이 되는 것이다. 그러니 실패는 패배가 아니다.

인생의 승자와 패자, 그 차이는 바로 실패를 받아들이는 태도에 있다. 승자는 실패조차도 양분이라고 생각해서 그 실패를 딛고 다시 일어서며, 오히려 자신을 성장시키는 기쁨으로 받아들인다. 반면에 패자는 실패를 좌절과 슬픔으로만 받아들이고 모든 것을 포기한다.

고난과 시련은 잠시일 뿐

　잠시 동안 비가 내린다면 꽃들은 생기를 되찾고, 잠시 동안 눈이 내린다면 온 세상이 예뻐 보일 것이다. 그러나 1년 내내 비가 오고, 1년 내내 눈이 온다면 어떨까? 꽃들은 물에 잠겨 죽고, 전 세계에 큰 혼란이 올 것이다.

　마찬가지다. 가슴속 눈물도 잠시, 시련에 쓰러져 좌절하는 것도 잠시여야 한다. 잠시 동안의 눈물을 거두고, 잠시 동안의 시련을 딛고 일어서서 다시 한 번 힘차게 날갯짓을 할 때 저 멀리 있던 꿈꾸는 곳에 어느새 한층 가까이 와 있음을 느끼게 될 것이다.

최고가 되겠다는 생각으로 일하라

　우리나라에서 가장 땅값이 비싸기로 유명한, 웬만한 유명 브랜드가 아니면 발붙이기 힘든 강남에서 최고의 브랜드로 꼽히는 김영모과자점 대표 김영모. 그는 자신의 이름을 걸고

과자점을 열어 서초구 하면 가장 먼저 떠오르는 곳으로 만든 사람이다.

이 같은 그의 성공은 최고의 빵이 아니면 만들지 않겠다는 장인정신에서 비롯되었다. 고등학교 중퇴 후 열일곱 살에 경북의 한 빵집 보조로 일하며 제과업과 인연을 맺은 그는 '세상에서 가장 맛있는 빵'을 만들겠다는 목표를 이루기 위해 피나는 노력을 했다.

모두가 자는 동안 혼자 연습을 했고, 군대에 가서는 손기술이 떨어지는 것을 막기 위해 볼펜을 버터크림 주머니 삼아 꾸준히 연습했다. 또 주위 사람들에게 빵에 관한 책을 보내 달라고 부탁해 한시도 공부를 게을리하지 않았으며, 우리나라 최고의 제과 기술자가 일하고 있는 제과점의 보조로 들어가서 누구보다 열심히 배웠다.

자신의 가게를 낸 후에도 최고를 향한 그의 노력은 멈추지 않았다. 한번은 직원들이 크리스마스용 케이크를 잘못 보관해서 다른 냄새가 배자 무려 400개를 모두 버렸을 정도로 철저했으며, 재료비에 연연하지 않고 최상의 품질만을 생각하며 모든 제품을 만들었다. 경제적으로 넉넉하지 않았을 때에도 외국의 기술을 배우기 위해 매년 연수를 갔으며, 좋은 아이스크림 기계를 들여놓기 위해 당시 아파트 세 채 값에 해당하는 돈을 망설임 없이 투자했다.

지성이면 감천이라고 했던가. 최고를 향한 그의 노력은 마침내 결실을 맺어 국내 유수의 제과점을 물리치고 대중의 입맛을 사로잡는 데 성공했다. 그의 성공이 입소문을 타고 국내외로 널리 퍼지면서 체인점을 내고 싶어 하는 사람들이 문전성시를 이루었다. 쉽게 돈을 벌 수 있는 길이 열린 것이다.

그러나 그는 남들과 달랐다. 대부분의 사람들이 그런 기회를 못 잡아서 안달인데, 가맹점을 모집하기 위해 온갖 미사여구로 포장해 홍보에 열을 올리는 세상인데 그는 모두 거절했다. 자기가 직접 관리하지 못한다면 무리하게 사업을 확장해서는 안 된다고 판단했기 때문이다. 자신의 이름값에 못 미치는 빵을 만드는 것을 그는 용납할 수 없었던 것이다.

'언제 한번'이란 시간은 존재하지 않는다

이런 약속 지켜보신 적이 있으십니까?

언제 한번 저녁이나 함께 합시다.

언제 한번 술이나 한잔합시다.

언제 한번 차나 한잔합시다.

언제 한번 만납시다.

언제 한번 모시겠습니다.

언제 한번 찾아뵙겠습니다.

언제 한번 다시 오겠습니다.

언제 한번 연락드리겠습니다.

언제부터인가 우리의 입에 붙어버린 말 '언제 한번'

오늘은 또 몇 번이나 그런 인사를 하셨습니까?

악수를 하면서, 전화를 끊으면서, 메일을 끝내면서,

아내에게, 아들딸에게, 부모님께, 선생님께,

친구에게, 선배에게, 후배에게,

직장 동료에게, 거래처 파트너에게…

'언제 한번'은 오지 않습니다.

'오늘 저녁 약속'이 있느냐고 물어보십시오.

'이번 주말'이 한가한지 알아보십시오.

아니, '지금' 만날 수 없겠느냐고 말해보십시오.

'사랑'과 '진심'이 담긴 인사라면,

'언제 한번'이라고 말하지 않습니다.

사랑은 미루는 것이 아닙니다.

행복은 가까이에

　가까운 이웃이지만 너무나 다른 두 가족이 한 마을에 살고 있었다. 한 집은 가족끼리 의지하며 행복하게 살아가는 데 반해, 다른 집은 하루가 멀다 하고 서로 아옹다옹 다투는 것이 일과였다. 어느 날 늘 다투는 가족이 이대로는 안 되겠다고 생각했는지 다정한 가족을 본받기 위해 그 집을 방문했다.

　"저희는 하루가 멀다 하고 싸우는데, 어떻게 하면 이렇게 행복으로 가득한 집이 될 수 있나요?"

"글쎄요, 저희는 평생 다툴 일이 없는데요."

마침 그 집 딸이 손님을 대접하기 위해 차를 준비하다가 그만 접시를 깨뜨리고 말았다.

"어머, 죄송해요. 제가 좀 더 조심했어야 하는데….

그러자 옆에서 지켜보고 있던 엄마가 깨진 접시 조각을 주워 담으며 말했다.

"아니란다. 엄마가 하필이면 그런 곳에 접시를 둔 탓이지."

그 말을 들은 아버지가 말했다.

"아니오. 내가 아까 치우려고 했는데 깜빡 잊었소. 미안하오."

늘 다투는 집의 가족들은 그들의 대화를 듣고는 뭔가 깨달은 듯이 고개를 끄덕이며 조용히 일어났다.

"정말 행복은 가까이에 있었군요. 저희는 그동안 뭐든지 상대방만 탓하고 지냈습니다. 하지만 이제부터 그런 일은 절대 없을 겁니다. 우리도 이제 사랑이 무엇인지 알게 되었으니까요."

인생을 낭비한 죄

"너는 인생에서 가장 중죄를 저질렀다. 법을 어기진 않았지만 너에게는 인생을 낭비한 죄가 있다. 그러므로 유죄다."

우리가 익히 잘 알고 있는 앙리 살리에르라는 실존 인물의 이야기인 영화 〈빠삐용〉에 나오는 대사다. 빠삐용이 지옥에 가는 꿈을 꾸게 되었는데 지옥의 심판관에게 자신은 큰 죄를 지은 일이 없다고 말하자 심판관이 그에게 한 말이다.

우리 모두 고민해볼 문제다. 지금 내가 살아가고 있는 삶의 자세를 돌아볼 때 천국에 가게 될지, 지옥에서 심판을 받게 될지 잘 생각해보아야 할 것이다.

버리고 떠나기

인도를 여행하던 친구 존슨과 에릭이 여러 명의 가이드들과 함께 어두운 밤길을 걸어가게 되었다. 그런데 험한 산길이 나오자 갑자기 에릭이 발을 헛디뎌 거센 강물 속으로 떨어졌다. 그 모습을 본 존슨은 1초의 망설임도 없이 즉시 강물 속으로 뛰어들어 친구를 구해냈다.

급류에 휘말려 죽을 고비를 넘긴 에릭은 가이드 중 한 사람을 불러 곁에 있던 커다란 바위에 자신이 불러주는 대로 글씨를 새겨달라고 부탁했다.

"바로 이곳에서 친구 존슨이 물에 빠진 에릭의 생명을 구했다."

며칠이 지났다. 목적지에 갔다가 돌아오던 중 지난번에 존슨이 에릭의 생명을 구한 그 장소를 다시 지나치게 되었다. 글씨가 새겨진 그 바위의 근처에서 휴식을 취하던 두 사람은 사소한 오해가 생겨 몸싸움까지 하기에 이르렀다. 결국 존슨이 주먹으로 에릭의 얼굴을 때리고 말았다.

잠시 후 에릭이 비틀거리며 일어나더니 아무 말 없이 그 바위 옆에 펼쳐진 모래사장으로 걸어가 이렇게 썼다.

"바로 이곳에서 친구 존슨이 사소한 말다툼으로 에릭의 마음에 상처를 입혔다."

곁에서 이 모습을 지켜보던 가이드가 물었다.

"왜 친구의 용감한 행동은 바위에 새겨놓으면서 나쁜 행동은 모래사장에 적는 겁니까?"

에릭이 대답했다.

"내 친구 존슨의 용감하고 우정 어린 행동은 가슴 깊숙이 영원히 간직될 것입니다. 그러나 그가 내 마음에 입힌 아픈 상처는 저 모래 위로 바람이 불어와 글자가 지워지기 전에 내 기억에서 먼저 날아가버리길 바랄 뿐입니다."

행복은 얼마나 많이 소유하느냐보다는 버려야 할 것을 제때 얼마나 잘 버리느냐에 달려 있다. 가슴에 담아두어야 할 것은 쉽게 버리고, 버려야 할 것은 오히려 더 깊숙이 담아두는 못난 습성, 이제는 정말로 버려야 하지 않을까?

힘들 때 미소 지을 수 있다면

늘 미소를 지으며 즐겁게 일하는 택시 운전사가 있었다. 언제나 친절하고 교통법규를 철저히 준수하는 성실한 운전사였다.

그런 그에게 아내가 불치병에 걸리는 날벼락 같은 일이 생겼다. 그는 생계를 위해 운전을 하며 아픈 아내까지 보살펴야 하는 힘든 상황이었지만 꿋꿋이 견뎌냈다. 그러나 간절한 마음으로 극진히 간호한 보람도 없이 그만 아내가 죽고 말았다. 그는 깊은 슬픔과 절망에 빠져들었다.

그 일이 있은 지 한 달 뒤쯤 그의 택시에 안면 있는 사람이 다시 타게 되었다. 손님은 지난번에 이 친절한 운전사가 택시 운전을 자랑스러운 직업이자 즐거움이라고 말한 기억이 나서 이렇게 물어보았다.

"아직도 운전이 즐거우십니까?"

그러자 운전사는 손님에게 친절히 대답했다.

"지금은 즐겁지가 않네요. 지난달에 사랑하는 아내가 병으로 제 곁을 떠났거든요."

손님은 깜짝 놀라면서 그런 고통을 겪고도 어떻게 그런 따뜻한 미소를 지을 수 있느냐고 물었다.

"제 아내의 죽음에 손님의 잘못은 하나도 없습니다. 그러니 제가 손님에게 불친절하게 대할 이유 역시 하나도 없는 거죠."

한 오라기의 실

한 대형 빌딩 위에서 간판 작업이 진행되고 있었다. 마무리 단계에 이르자 일하던 사람들은 설치되어 있던 보조 작업대를 철거하기 시작했다. 거의 모든 사람이 철수하고 마지막으로 한 사람이 내려오려고 하는데, 앞서간 사람들이 사정을 모르고 그만 밧줄을 다 회수하고 말았다.

사람들이 개미처럼 작아 보일 정도로 높은 곳에 있던 마지막 남자는 그저 두려움에 온몸을 떨고만 있었다. 뒤늦게 사람들이 밧줄을 던져보았지만 그의 손에 닿기에는 역부족이었다.

그때 소식을 듣고 달려온 그의 친구가 소리쳤다.

"자네 양말을 벗어서 맨 끝의 실오라기를 풀어보게."

그는 친구가 하라는 대로 했다.

"그 실오라기를 계속 풀어서 밑으로 내려 보내게."

주위 사람들은 도대체 무엇을 하려고 그러는지 의아했다. 실이 거의 땅에 내려오자 그의 친구는 실오라기에다가 튼튼한 밧줄을 이어 묶고 그에게 끌어올리라고 소리쳤다. 그대로 끌어올리자 튼튼한 밧줄이 따라 올라갔다. 그는 밧줄을 손에 넣은 후 마침내 무사히 내려올 수 있었다. 아무도 생각하지 못한 보잘것없는 한 오라기의 실로 인해 그는 다시 살 수 있었다.

　나무를 성장시키기 위해 가장 큰 역할을 하는 것은 뿌리다. 큰 몸뚱이의 나무에 양분을 공급하는 것이 뿌리이기 때문이다. 그 뿌리들 중에서 굵은 것들은 나무를 튼튼하게 고정하는 역할을 하고 잔뿌리들은 물과 영양분을 공급한다고 하니, 잔뿌리야말로 가장 중요한 역할을 한다고 할 수 있다.
　모세혈관의 작용이 큰 혈관을 움직이듯이, 큰 나무도 잔뿌리가 키워가듯이, 평소에 아무렇게나 방치하고 주의를 기울이지 않는 그런 작은 것들로 인해 우리는 조금씩 자라고 있다. 작은 것들을 소홀히 하는 사람들은 알아야 한다. 그렇게 살아가는 동안 어느새 자기 인생 전체가 소홀해지고 있다는 사실을 말이다.

행복과 불행

　단 한 번만이라도 행복하게 살아보는 것이 평생의 소원이었던 한 독신 남자가 있었다. 그는 신에게 크지는 않더라도 행복의 작은 조각만이라도 하나만 내려달라고 매일 기도했다.

　그러던 어느 날 밤 누군가 그의 집 문을 두드렸다. 누군가 궁금해하며 문을 열어보았더니 아름다운 행복의 여신이 눈앞에 서 있었다. 남자는 기쁜 마음에 행복의 여신을 집 안으로 맞이하려 했다. 그때 행복의 여신이 말했다.

　"잠깐만요. 내게는 동생이 하나 있는데 언제나 함께 여행을 다닌답니다."

　행운의 여신이 소개한 그녀의 동생을 보고 남자는 깜짝 놀랐다. 눈부시게 아름다운 언니에 비해 동생은 너무나 추한 모습을 하고 있었기 때문이다. 남자가 물었다.

　"당신의 동생이 틀림없습니까?"

　"네, 틀림없는 내 동생입니다. 이름은 '불행'이라고 합니다."

　남자는 행복의 여신에게 당신만 집으로 초대하고 싶다고

말했다. 그러나 행복의 여신은 그럴 수 없다고 대답했다.

"그건 안 됩니다. 동생과 나는 자매이므로 언제나 함께한 답니다. 우리를 분리해서 생각할 순 없어요. 내가 가는 곳에는 언제나 동생이 함께해야 하니까요. 나만을 원하신다면 나는 더 이상 당신 앞에 나타날 수 없어요."

태양이 있으면 그 끝의 반대편에는 언제나 달이 존재하고 있어 뜨고 지고를 반복하듯이, 행복과 불행 또한 우리에게 번갈아 나타난다. 그러니 지금 불행이 덮치고 있다 해도 반대편에서 나타날 행복을 꿈꾸며 힘차게 살아가길 빈다. 필자는 반드시 그런 사람에게 더 빨리 그 행복이 찾아올 것이라 믿는다.

외톨이는 결코 행복할 수 없다

인간은 혼자서만 행복을 느끼며 살기에는 너무나 사회적인 존재다. 우리가 느끼는 행복과 불행에는 반드시 인간관계가 밀접하게 관련되어 있다는 증거이기도 하다. 혼자 할 때는 마지못해 하던 일도 친구들과 함께 하면 재미있게 할 수 있다. 원만한 대인관계가 기분을 좋게 만들기 때문이다. 함께 하면 즐거운 일도 혼자 할 때는 별로 신나지 않으며 쉽게 권태감을 느끼기도 한다.

멍청이를 뜻하는 영어 단어 'idiot'은 그리스어 'idios'에서 기원한 것으로, '혼자 사는 사람'이라는 의미를 갖고 있다. 관계를 개선하려면 관계를 저해하는 요인부터 찾아보라. 목표가 무엇이든지 간에 그것을 달성하려면 반드시 협력자가 필요하다.

만족스럽고 성공적인 삶을 사는 사람들에게는 반드시 친밀한 관계의 협력자가 있다. 반면에 실패하는 삶의 이면에는 거의 항상 인간관계의 문제가 내재되어 있다. 만약 어떤 사람을 적으로 만들고 싶다면 의사소통 과정에서 그 사람의 자존심을 상하게 하면 된다. 이는 상대방과의 관계를 나쁘게 만드는 최악의 방법이기도 하다.

단 15분의 소망

　한국신장협회 회장으로 있을 때 전달된 한 통의 잊히지 않는 편지가 있다. 서울시에서 임대한 강남구의 한 아파트에 살던 20대 여인이 보낸 편지였다. 두 다리에 소아마비 장애를 가진 그녀가 유언장이 딸린 눈물의 사연을 적어 보낸 것이었다. 그녀는 세 살 난 딸과 태어난 지 채 100일도 안 된 아들을 둔 두 아이의 엄마이기도 했다.

> 수고가 많으신 회장님께!
> 저는 한쪽 다리에 장애를 갖고 태어나 부모로부터 고아원에 버려졌습니다. 어린 시절 나머지 한쪽 다리마저 소아마비로 걷는 기능을 완전히 잃게 되자 천덕꾸러기가 되어 고아원에서조차 버림을 받았습니다.
> 따뜻한 사랑 한 번 제대로 받아보지 못한 저는 그렇게 스무 살이 되었습니다. 그해에 수원에 있는 한 장애인 고용 시설에서 처음으로 저를 사랑해준 한 남자를 만나게 되었습니다. 그 역시 장애인으로, 두 다리는 있으나 한쪽 팔이 없었습니다. 저의 두 다리가 되어준 그

는 작업하는 조립라인으로 제 휠체어를 밀어주거나 저를 품에 안아 작업대 자리에 앉혀주곤 했습니다.

저도 그런 그를 사랑하게 되었습니다. 생애 처음으로 사랑을 받고 또 사랑을 주면서 우리는 그 결실로 아기를 갖게 되었고, 결혼식은 올리지 못했지만 이곳 임대 아파트에 보금자리를 마련하게 되었답니다.

사랑하는 남편을 꼭 닮은 둘째가 태어난 지 이제 3개월이 되었습니다. 우리는 정말 행복했습니다. 그러나 그 행복도 잠시뿐, 어느 날 만성 신부전증이라는 생전 처음 듣는 신장병에 걸리고 말았습니다. 이틀에 한 번씩 피를 걸러야 또 다른 하루를 살 수 있다는 의사의 절망적인 말을 듣고 저는 사랑하는 남편과 아이들에게 더 이상 짐이 될 수 없다는 생각으로 목숨을 끊으려 했으나 이웃 아주머니로 인해 그마저 실패했습니다.

남편은 저에게 당신이 죽으면 아이들과 함께 바로 그 뒤를 따를 테니 알아서 하라며 눈물로 호소했습니다. 그 후 이틀에 한 번씩 투석을 하며 어떻게든 살아보려 마음을 다잡았습니다. 그러나 몸이 불편한 남편의 구두닦이 수입으로는 아이의 우윳값을 대기도 어려운 처지인지라 제대로 치료를 받지 못하다 보니 지금은 합병증으로 청각까지 잃어 귀가 들리지 않게 되었습니다.

회장님, 이 유언장을 보시고 저의 마지막 소원을 들어주시기 바랍니다. 지금 저는 여러 가지 합병증으로 인해 삶이 얼마 남지 않았습니다. 제가 죽으면 남편과 두 아이를 뜨겁게 사랑하는 이 심장은 심장병 어린이에게 주시고, 또 저의 두 눈은 하나님이 만드신 이 아름다운 자연을 보지 못하는 아이에게 주시기 바랍니다. 간과 췌장도 기증해주시고, 나머지 저의 몸과 뼈는 대학 병원에 해부용으로 기증해주시길 부탁드립니다.

눈물로 쓴 유언의 편지였다. 이 글을 소개하다 보니 눈먼 소년의 이야기가 생각난다.

한 눈먼 소년이 있었다. 친구들이 함께 놀아주지 않았기에 소년은 늘 외롭고 무기력하게 지냈다. 그러던 어느 날 수업 중에 쥐 한 마리가 교실로 들어왔는데 어디로 숨었는지 도무지 행방이 묘연했다.

그때 선생님이 그 눈먼 소년에게 특별한 청력을 이용해 쥐가 어디에 있는지 찾아보라고 부탁했다. 눈먼 아이는 귀를 기울였고 쥐가 어디에 있는지 알아냈다. 쥐 소리는 교실 구석의 벽장에서 새 나오고 있었다. 덕분에 쥐를 쉽게 잡을 수 있었다.

수업이 끝난 후 선생님은 눈먼 아이를 불러 이렇게 말했다.

"넌 우리 반의 어떤 친구도 갖지 못한 능력을 갖고 있단다. 바로 특별한 귀가 너만의 능력이란다."

선생님의 그 한마디 격려가 소년의 인생을 바꾸어놓았다. 이 소년은 음악을 매우 좋아했는데, 소년을 걱정한 어머니가 밖에 돌아다니는 것을 금지한 탓에 라디오에서 나오는 노래를 연주하며 시간을 보낼 수밖에 없었다. 그러나 시각 장애라는 신체적 문제는 걸림돌이 될 수 없었다. 소년에게는 탁월한 청력이 있었기 때문이다. 그는 곧 음악적 재능을 발휘했고, 불과 열한 살의 나이에 첫 앨범을 발표했다. 이 맹인 소년이 바로 'I just called to say I love you'라는 곡을 세계적으로 유행시킨 가수 스티비 원더다.

스티비 원더는 49세가 되던 해에 눈 수술을 받기 위해 한 대학 병원을 방문했다. 그리고 의사에게 말했다.

"선생님, 결정했습니다. 수술을 받겠습니다."

눈을 살펴본 의사는 조심스레 말을 건넸다.

"음, 시신경 파손 정도가 심해서 수술하더라도 15분 정도밖에 못 볼 것 같습니다. 죄송합니다."

그러나 스티비 원더는 더 확신에 차서 말했다.

"15분이라도 좋습니다. 수술을 꼭 받고 싶습니다."

"지금까지 미루고 안 하던 어려운 수술을 왜 갑자기 하려합니까? 무슨 큰 이유라도 있습니까?"

그러자 그가 말했다.

"제 아이가 보고 싶습니다. 사랑하는 딸을 단 15분만이라도 볼 수 있다면 더 이상 바랄 게 없습니다."

사랑하는 가족, 사랑하는 친구들, 그리고 아름다운 자연을 바라볼 수 있는 우리는 얼마나 감사하며 살고 있는가?

이사 트럭 안에서 세운 미래

세계 최고의 인터넷 서점인 아마존을 창립한 제프 베조스.

그는 헤지펀드 회사의 부사장으로 일하던 어느 날 사장으로부터 인터넷 사업에서 이윤을 가장 많이 남길 수 있는 아이템을 알아보라는 특명을 받았다. 오랜 생각 끝에 떠오른 것이 바로 책이었다. 인터넷 서점의 가능성과 잠재력을 예측한 그는 곧바로 자신의 생각을 이야기했지만 사장의 반응은 시큰둥했다.

그 길로 그는 30분 만에 사표를 내고 곧바로 시애틀로 날아갔다. 이 아이템에 대한 그의 확신과 열정이 얼마나 강했던지 이사를 가는 트럭 안에서 사업 계획서를 작성할 정도였다. 자금 확보를 위해 투자 회사에서 일할 때 알게 된 사람들에게 전화를 걸어 사업 자금을 지원해달라고 호소하자 그들은 오로지 그의 능력만 보고 선뜻 200만 달러를 모아 주었다.

그 돈으로 그는 프로그래머 네 명과 함께 창고에서 아마존 닷컴을 시작했다. 최소 100만 권 이상의 책 보유, 관련 데이터베이스 구축, 신용카드 번호와 같은 개인 비밀 정보를 저장할 수 있는 시스템 구축 등 두 달 동안 시스템 테스트를 거친 끝에 그는 드디어 아마존의 웹사이트를 열었다.

반응은 폭발적이었다. 사이트를 연 지 한 달도 되지 않아 세계 45개국으로부터 주문을 받게 되었다. 그리고 1년 만에 시간당 100권의 책을 주문받는 놀라운 성과를 올렸다. 그는 온라인 서점의 성공에만 머무르지 않고 사업 영역을 넓혀 비디오, DVD, CD, 온라인 음악 상품을 판매하기 시작했다. 그리고 45일 만에 세계 최대 규모의 인터넷 비디오 소매상이 되었다.

　수많은 벤처 기업들이 생겼다가 사라지는 지금, 그는 앞선 비전이 얼마나 경쟁력이 있는지를 몸소 보여주고 있다. 남보다 한 발 앞서 정보통신 혁명을 예상하고 그것을 활용한 비즈니스 모델을 실현시킨 힘이 오늘의 아마존을 만든 것이다.

행복 비타민A

초판 1쇄 인쇄일 | 2021년 7월 15일
초판 1쇄 발행일 | 2021년 7월 20일

지은이 | 이선구
펴낸이 | 김진성
펴낸곳 | 헤테

편   집 | 박부연
디자인 | 장재승
관   리 | 정보해

출판등록 | 2005년 2월 21일 제2016-000007
주   소 | 경기도 수원시 장안구 팔달로237번길 37, 303호(영화동)
대표전화 | 02) 323-4421
팩   스 | 02) 323-7753
홈페이지 | www.heute.co.kr
전자우편 | kjs9653@hotmail.com

값 10,000원
ISBN 978-89-97763-40-5 03800
* 잘못된 책은 서점에서 바꾸어 드립니다.